Histoires passagères

DE LA MÊME AUTRICE

Comme un besoin d'utopie, *préface de Jean-Louis Pradel, éditions Albiana, 2005.*

Bleu Conrad ou le Destin méditerranéen de Joseph Conrad, *préface de Kenneth White, éditions Albiana, 2007.*

Corse, éloge de la ruralité, *texte et photographies, Images En Manœuvres Éditions, 2010.*

Terre de Crète, *texte et photographies, préface d'Allain Glykos, éditions Éoliennes, 2017.*

Chypre au plus près de la terre, *texte et photographies, éditions Éoliennes, 2022.*

Maddalena Rodriguez-Antoniotti

Histoires passagères

Roman

Dalva

ISBN 978-2-494466-15-9

Illustration de couverture : © Natalia Gizatullina
Photo de l'autrice : © Tahourj Rodriguez
Conception graphique : Rémy Tricot

À Yves

C'est pour faire une grosse tache humaine sur la vie que je parle.

Sony Labou Tansi

Mai 1972

Elle avait quitté Paris dans la fraîcheur du petit matin. Une fraîcheur inattendue pour un jour de mai. Rien qu'à tendre le bras à l'entrée de l'autoroute, sa mauvaise humeur du réveil s'était évanouie. Par expérience, elle savait qu'elle n'aurait pas vraiment le temps de moisir là. Elle possédait bien une voiture, un tacot en vérité, mais à l'occasion, c'était son sac qu'elle faisait et le stop qu'elle privilégiait. Tous les « pourquoi » et les « pourquoi ça » n'y changeaient rien. Au quotidien pourtant, le plus clair de son temps n'avait qu'une destination : la Sorbonne et les bibliothèques alentour où elle faisait en sorte de préparer un doctorat. Elle avait besoin de lire et d'étudier comme elle avait besoin de s'alimenter et l'existence, elle l'avait jusqu'alors parcourue avec des tas de livres sous le bras. Quand bien même, depuis quelque temps, les études n'étaient plus « toute sa vie », rien de tel pour prendre des couleurs, disait-elle en rigolant, que de gagner les salles d'archives où parfois bruissaient des récits libres de noms et de frontières.

Tout en refusant de prêter l'oreille au refrain des braves gens affalés en parfaite sécurité devant leur poste de télévision (le « si vous ne voulez pas être mangées, les filles, restez sagement à la maison »), elle portait sur elle un couteau. Celui que son père, peu avant qu'il ne meure, avait glissé dans sa main et avec lequel il faisait mille bricoles. Il avait cru bon de le lui donner au moment où elle avait commencé à militer, où elle avait commencé à circuler la nuit et à rentrer au bercail par le dernier métro. Un couteau à cran d'arrêt de fabrication artisanale, corse bien entendu. Une petite merveille dont la lame jaillissait du manche en corne de bélier par simple pression sur le bouton central. Elle le portait comme qui dirait un talisman. L'âme d'une aventurière ou d'une *hippie*, elle ne l'avait pourtant pas. Sans être pantouflards, ses voyages n'étaient pas de ceux au long cours. Bien qu'elle ait du mal avec cette foutue société industrielle et urbaine, elle ne songeait nullement à se tourner vers les routes d'Asie. Vers ce rituel (et même cette bible) qui faisait s'étirer sa banlieue de la porte d'Orléans, si ce n'était jusqu'à Katmandou, du moins vers Goa. Elle n'avait aucun mérite à résister à l'enivrante consolation – shiloms brûlants, lumière de baisers dans l'air, horizons et couchers de soleil sans pareils. N'était-ce pas nier l'enfer de misère, *l'énorme Buchenwald* qu'était l'Inde, où le réveil chaque matin, pour une foule de gens, devait être un cauchemar ? Non, *l'odeur* de ce pays, elle ne connaîtrait pas. Pas davantage elle ne se rendrait, l'été venu, sur les terres de Franco. Elle ne digérait pas le slogan « España es diferente » auquel des centaines de milliers de Français accordaient du crédit. Qu'ils puissent « faire » ce pays en apportant, comme des cons, leur obole à la putain de dictature, la mettait hors d'elle. Eh oui, sous le soleil de la Costa Brava, la dégueulasserie des crimes franquistes, ça ne les dérangeait pas, ça ne les dérangeait plus…

Ce vendredi-là, elle avait eu du mal à convaincre l'automobiliste qui l'avait prise à la porte d'Orléans de la laisser descendre à la hauteur de Lyon. Rendue à l'air libre, le ciel alors soudainement agrandi, elle avait instinctivement relevé le col de son blouson. Dans la lumière envahissante, le mistral du couloir rhodanien s'en donnait à cœur joie et remuait continûment la verte splendeur des arbres. À la station-service, pressée, elle ne s'était pas intéressée aux distributeurs de boissons et de friandises. Sur le terre-plein, des semi-remorques manœuvraient doucement. Elle avait pourtant préféré ne pas leur faire signe. À cette heure méridienne, par chance, il n'y avait nulle file d'auto-stoppeurs où elle aurait été obligée de prendre rang. À peine dix minutes plus tard, une fourgonnette grise s'était arrêtée. Elle avait trouvé plutôt marrant que quelques poules caquettent à l'arrière du véhicule et, sans hésiter, avait accepté l'invitation. L'homme au volant lui avait aussi sec expliqué qu'il venait de récupérer ces « bestioles » chez son paysan de frère. À cause de sa « bagnole pourrie », il s'en excusait, il ne pouvait rouler à vive allure. Aucune importance, qu'elle avait répondu. L'une après l'autre, les aires d'autoroute avaient défilé. En approchant de Marseille, il s'était tout à coup avisé de sa destination. Elle lui avait simplement dit qu'elle avait un avion à prendre le soir même pour Bastia. Sans éprouver le moins du monde le besoin de se justifier, l'imbécile, croyant probablement lui rendre service, n'avait rien trouvé de mieux que de la laisser alors sur le bas-côté de l'autoroute, entre Rognac et Vitrolles. Il lui avait montré du doigt une haute barrière métallique bardée d'un sens interdit qu'elle devrait franchir pour retrouver ensuite la départementale. Fichue comme elle l'était, qu'il lui avait dit avec un gros clin d'œil, elle n'aurait aucun problème pour trouver une voiture qui l'emmènerait jusqu'à l'aéroport de Marignane. Il était à deux pas. Certes, le crépuscule tardait à tomber mais elle n'avait plus le choix. Un concours de circonstances lui imposait de ne pas perdre pied. Il fallait à tout prix qu'elle ait rejoint Bastia le soir même.

En jean et chaussures de marche, son sac sur le dos, elle marchait à présent en pleine campagne, tout droit vers ce qu'elle ne voyait pas. Longues foulées régulières. Sueur et poussière accumulées. Sensations éparses et flottantes. Elle n'avait rien dans le ventre depuis son matinal petit-déjeuner et une certaine langueur la gagnait. Le vent s'était calmé. Tandis qu'elle s'éloignait du vacarme et des vapeurs d'essence de l'autoroute, elle savourait la discrétion de l'instant. L'heure incertaine. La lumière sourde et comme venue d'infiniment loin. L'étreinte du ciel sur les animaux et les arbres. L'odeur apaisante d'une vieille terre. Toujours, la marche lui donnait du champ, tout comme elle avait fait l'affaire des Rousseau, Rimbaud ou Kerouac. Elle les tenait pour des potes, ces allumés de première, pas un poil économes des semelles de leurs souliers. Que dire du pied humain, ô combien humain de son cher Élisée Reclus. Oui, marcher, aller sous le ciel, c'était décidément bon pour le moral au sens large du mot, et à hauteur d'homme on refaisait connaissance avec l'ordinaire du paysage, celui qu'on ne visitait pas, qui ne campait pas dans les dépliants touristiques. Un paysage peuplé d'insectes et de grains d'or. Sous le tee-shirt, les pointes de ses seins tremblaient à chaque balancement de ses pas. Elle avait toujours refusé de porter un soutif. À quoi bon ? prétendait-elle. Ça tenait tout seul. Elle avait machinalement frotté son visage. Ses joues, elle le sentait bien, étaient plus rouges que d'ordinaire. Le chemin de terre, rehaussé en son milieu d'une bande herbeuse, l'avait menée au sommet d'une butte. Là, à l'écart de tout, un cabanon et un type qui attendait. Appuyé à la barrière, étrangement immobile dans la nonchalance du crépuscule, ses yeux nageaient loin de lui. Pensées au bout du monde, comme hissées sur le pont d'un navire. Ainsi perdue dans le paysage, la présence de cet homme semblait presque inutile, tout du moins elle échappait au temps. Une sensation qu'elle-même connaissait bien, un goût prononcé pour la rêverie et la contemplation, une disposition à être constamment *dans la lune*, comme sa mère le lui reprochait. Mais lui, était-il donc toujours ainsi, à regarder intensément l'horizon, semblable à un oiseau de haut vol ?

C'était sans le savoir, sans le vouloir, telle une intempérie, qu'elle avait surgi. Elle était apparue comme dans les films, de l'atmosphère, de l'espace, nimbée d'une lumière rouge. Il avait alors tourné la tête. Alors, justement. Dans un battement imperceptible des paupières, ses yeux étonnés l'avaient parcourue de la tête aux pieds. Déchirante épreuve pour elle que celle de ce regard. Un regard infini, indéfini où se reflétait une part de sa vérité. Il s'était attardé sur ses cheveux très courts, à la garçonne, avec un côté petite tondue comme dans *Hiroshima, mon amour*. Il contemplait ses seins menus, ses longues jambes, sa silhouette androgyne dont elle tirait, malgré tout, quelque fierté. Les cloches du soir sonnaient à une lointaine église. Personne dans les parages. Elle aurait pu prendre peur. Mais il n'y avait nulle menace dans son mutisme. Qui était-il ? Elle avait du mal, comme on le pense bien, à contenir la chute libre des questions jaillies de son zoo intime. Un ancien taulard ou un déserteur ? Un sage ou un fou ? Un artiste ou tout bonnement un mec du voyage ? À présent, il la dévisageait, sans être blessant mais avec insistance. La prenait-il pour une cueilleuse de plantes ? Pour une maraudeuse ? Allait-il s'imaginer qu'elle avait les flics sur le dos, qu'elle était de ces fugitives recherchées jusqu'au long des rivières et des talus ? Allait-il craindre quelque cinglée cachant, dans son sac à dos, un couteau de boucher ? *Que ne pensait-on pas ?* Dans le visage griffé par une barbe de trois jours, elle ne voyait que ses yeux qui l'examinaient attentivement sans rien exprimer qui fût définissable, comme s'il avait l'immensité du temps à vivre. Dans la douceur du soleil las, une vague chaude l'avait tout entière émue. Musique, maestro. Elle l'aimerait s'il penchait son visage sur le sien, qu'elle s'était surprise à penser. C'est pourtant avec une expression grave et tendue qu'elle avait demandé s'il pouvait l'emmener à l'aéroport. Elle l'en priait : c'était extrêmement urgent. Une question de vie ou de mort. Ou presque…

Sans un mot et comme en se secouant, il avait désigné une vieille Simca Chambord rouge et blanc. Avec un naturel confondant, il l'invitait de la main à le suivre. Il n'y avait pas une minute à perdre et il avait démarré en écrasant l'accélérateur. La voiture avait bondi, merveille mécanique, véritable château volant qui fort opportunément tenait encore la route. Elle s'était entendue lui dire stupidement que cette bagnole était royale. Sur l'étroite départementale, côte à côte à présent, ils roulaient à tombeau ouvert vers l'aéroport. Elle l'avait regardé à la dérobée. Les anges gardiens n'étaient donc pas tous en voie de disparition. Elle l'imaginait décrochant une guitare et chantant avec les doigts *je suis de la mauvaise herbe, braves gens, braves gens.* Si les hommes étaient faits pour vivre en bande comme les moutons, lui vivait seul et c'était pas demain qu'il suivrait leur droit chemin. Pas de doute, elle se faisait son cinéma. Sans bien savoir pourquoi, elle aurait juré qu'ils étaient du même bord et, comme à un pote en rupture de ban, elle aurait voulu lui parler de la Corse des solitudes. Des nuées pures qui l'y attendaient. Des plis et des replis indéchiffrables de la montagne. De la haute note jaune des genêts qui, en cette saison, ensoleillait le maquis. Elle aurait voulu lui parler d'un de ces promontoires esseulés où l'on ne rencontrait que de rares voyageurs et d'où l'on contemplait la vallée sans crainte d'être interrompu. Un de ces promontoires, semblable à un œil vertigineusement ouvert sur la mer, sur des mondes à n'en plus finir.

Étrangement, tout son être se détendait. Lumière chahutée, la Chambord aurait pu rouler plus loin, la Chambord aurait pu rouler sans fin. Elle oubliait les remous inquiets de ces dernières heures, les jours incertains qui étaient les siens. Elle se sentait capturée du dedans, happée par la rumeur chaude de son sang. Le fantasme en ses syllabes les plus simples s'acharnait secrètement à palpiter. Comme ivre, elle imaginait qu'ils étaient étendus tous deux, mêlés et humides, dans la quiétude de la nuit. Un virage soudain, pris à folle allure, l'avait jetée contre son épaule, contre la tiédeur de son cou. Machinalement, elle s'était cramponnée à lui, pour vite s'excuser. Une nouvelle fois, l'élan qui osait et dans la seconde même qui se pulvérisait. Le ventre vide, elle déraillait. Combien de passantes avait-il aimées pendant quelques instants secrets ? Combien de femmes avait-il abordées, prises ou manquées ? Une pesante fatigue l'envahissait, une fatigue récurrente, sœur de la dépense éperdue qu'elle déployait pour que rien ne transparaisse d'une souffrance, d'une arythmie qui la disloquait. Quelle pauvre fille elle faisait.

Pour tout dire, ça n'était pas uniquement par goût de la liberté et d'un gai savoir qu'elle se jetait sur les chemins. À l'approche d'un véhicule, dans la répétition désinvolte d'un geste de la main, elle bravait le sort. Elle tentait confusément de se rassurer et, sans en avoir l'air, de vérifier qu'elle n'était pas aussi moche que ça. Eh oui, au poker de l'amour, au poker de la vie, toutes les autres femmes étaient plus séduisantes qu'elle. *Toutes*. Un non-dit lancinant. Faut bien dire qu'elle avait hérité d'une gueule bancale. Sa drôle de dentition gâchait tout. Palais étroit, incisives de lapin, le reste planté n'importe comment. C'était un cas. Ses parents n'avaient pas remédié à cette bizarrerie pour la simple raison qu'aller chez un orthodontiste était une idée d'un autre monde. En matière de dentisterie, seul le mot râtelier figurait dans leur vocabulaire. Mais des dents de travers et des boutons qui revenaient sur la gueule, avouez que ce n'était pas la joie. Comme si cela ne suffisait pas, elle avait quelque chose d'ingrat dans le profil que l'ovale et le front haut du visage – sa face d'œuf comme elle disait – accentuaient sans pitié. Bon d'accord, elle avait une sacrée paire de mirettes, une taille de guêpe, une cuisse de nymphe et un pied léger mais « ça n'était pas ça » et la tâche lui était devenue rude que de se bien porter. Que de se fréquenter. C'est en classe de philo, en lisant *Les Mots* paru cette année-là qu'elle avait découvert, ça tombait bien, un Sartre parlant de l'en-soi irréversible de la laideur et des « fulgurantes décharges de la honte ». Une laideur dont il avait pris conscience, comme par hasard, par les femmes. S'il n'était pas gâté par la nature avec un œil qui battait la campagne, avec cet œil en plus, comme il ironisait, il avait du bagout et surtout du génie, lui, pour n'en faire qu'à sa tête et mater le désespoir. Pas elle, la pas grand-chose. Dès qu'il parlait, Jean-Paul, sûr que sa laideur de crapaud, comme il disait, disparaissait et qu'il avait le beau rôle. Mais, merde, la dictature de la beauté était tout sauf de la futilité, tout sauf une quelconquerie et pas de dérobade possible à cette loterie-là. Malgré tous les raisonnements du monde, qui ne s'attachait aux beaux visages même s'ils recouvraient une sale marchandise ?

Sur la route, le trafic s'intensifiait. Ils approchaient de l'aéroport. À un carrefour, un feu rouge avait obligé la Chambord à freiner brutalement. Alors, alors justement, elle s'était entendue dire de manière péremptoire : « On n'y arrivera jamais. » Il avait éclaté de rire. Sans retenue. L'espace incertain d'un instant, il avait posé sa main sur la sienne. Il était totalement tendre. L'essentiel n'était pas perdu. La voiture n'avait pas pénétré dans le parking de l'aérogare mais s'était glissée plein gaz devant la porte des départs, face au soleil couchant. Elle avait regardé l'horloge. Il lui restait à peine un quart d'heure pour prendre son billet et monter à bord. Elle avait alors résisté à la moiteur du rêve, à la tentation poignante de l'embrasser, lui, son semblable. *Ô toi que j'eusse aimé, ô toi qui le savais*. Comme s'il devinait son trouble, il avait prétexté avec courtoisie : « Pensez à votre avion ! » Elle avait vite refermé la portière sur la voix au fruité simple et profond en bredouillant merci, merci. Rien n'était arrivé. *Ce qui était arrivé, c'était ce qui s'était passé.* Elle avait eu le temps encore, dans une fraction de seconde, d'apercevoir son sourire adolescent et généreux. Un léger coup de klaxon, l'extrême d'un regard, un baiser de la main et sans plus tarder, avec une suprême élégance, il s'était mis hors champ. C'était loin d'elle qu'il allait attendre que le ciel s'étoile calmement.

Juillet 1972

Il l'avait immédiatement repérée à l'entrée de l'autoroute, silhouette longiligne et solitaire dans le vent dru de cette heure matinale. Il s'était dit que le jean bleu délavé, qu'elle portait serré, moulait un cul et des jambes à faire bander un séminariste. Sûr qu'elle devait chercher fortune au détour des chemins, qu'elle était une de ces filles en vadrouille qui vous branchaient sans hésiter. Il quittait Paris pour se rendre dans les Alpes. Il comptait y retrouver une certaine limpidité de l'air qui lui permettrait de décompresser. Il aurait tout loisir ensuite de rejoindre sa bonne ville de Milan. Agréable à regarder, il aurait pu être irrésistible si une graisse sournoise ne commençait à l'empâter. Alfa Romeo, lunettes de soleil, gourmette, poil conquérant, alcool chaleureux du sourire, il croyait en sa bonne étoile. La maturité pourtant le gagnait et il commençait à avoir le visage qu'il méritait. Il avait mis son clignotant et s'était rangé sur la bande d'arrêt d'urgence. Juste à sa hauteur. Comme elle ne brandissait aucune pancarte, il avait baissé la vitre pour demander où « mademoiselle » allait. Ce n'était pas le moment de paraître tarte ou coincée. Sans marquer le moindre étonnement, sans même esquisser un sourire, elle l'avait regardé droit dans les yeux et lui avait juste répondu : « Marseille ». Il l'avait alors priée de monter. Malgré une circulation de poids lourds en tous genres qui s'intensifiait, le rutilant coupé s'était rapidement éloigné de la porte d'Orléans.

De la main droite, l'homme à ses côtés avait tourné le bouton de la radio. Fort à propos, la clarinette de Sidney Bechet modulait *Petite fleur*. De quoi accentuer la sensation de soleil et de vent, de quoi lui donner envie d'aimer, disons de baiser. Il lui avait alors proposé une Dunhill, histoire bien sûr d'engager élégamment la conversation. La cigarette, ça aide. Mais elle n'en avait pas envie, merci. Peut-être un chewing-gum ? Elle avait tourné la tête vers lui. La clope aux lèvres ajoutait à la séduction. Décidément, il n'était pas si mal que ça. Non, inutile qu'il se gêne, la fumée ne la dérangeait pas du tout. Bien sûr, elle avait repéré la plaque transalpine de l'Alfa et bien sûr elle s'était souvenue d'une incursion à Venise avec les parents d'une amie, lors de ses dix-huit ans. N'avait-elle pas été excédée très vite par le côté macho et cavaleur des Italiens, leur côté collant avec le premier tendron venu et *leur vie tout entière comme absorbée par cette affaire* ? Elle n'avait donc pas eu de mal à flairer que pour ce mec-là les conquêtes (comme on disait) devaient être un sacré passe-temps. Probablement des femmes bien en chair et au décolleté ravageur. Bref, des nanas qui avaient la libido en vitrine et auxquelles il servait son baratin avec un aplomb probablement inaltéré. Fort de son bel accent (il ne pouvait deviner qu'elle les adorait, les accents) et des inflexions chaudes de sa voix, sans doute s'imaginait-il qu'elle allait, elle aussi, lui tomber dans les bras. Devant l'assurance trompeuse de ses bouts de seins, s'était-il même persuadé qu'elle en viendrait aisément à déboutonner sa braguette et à le sucer, là, sur l'autoroute ? En pleine vitesse ? *Le must.*

Dans les rétroviseurs de l'Alfa, l'A6 s'étirait à toute allure et ses bas-côtés fuyaient inexorablement. Affable, l'Italien lui avait demandé ce qu'elle faisait dans la vie. Une question a priori des plus reposantes. Elle était professeur, professeur d'histoire et de géographie. Lui qui avait fait de son bolide un piège à filles avait semblé tomber des nues. Son seul commentaire avait été de rire. La demoiselle était « dans la culture » ! Mais pourquoi en doutait-il ? À cause de son âge ? À cause de sa dégaine ? À moins qu'à ses yeux l'auto-stop ne soit réservé aux deuxièmes classes et aux beatniks ou encore aux putes et aux étudiantes sans le sou ? S'imaginait-il qu'une enseignante ne puisse avoir des fourmis dans les jambes et même l'humeur papillonne ? Craignait-il, pendant des heures à ses côtés, une de ces femmes savantes dont les grandes phrases allaient lui saper le moral ? Dans le fond, il se fichait pas mal de sa réponse. Il passait le temps et ne faisait que la taquiner. Plutôt gentiment, non ? Il s'était vaguement étonné de sa soudaine acidité. Aurait-il, manque de bol, embarqué une revêche ?

Il ne pouvait soupçonner qu'elle était en réalité en pleine déroute. L'année scolaire s'était terminée et, au dernier trimestre, sa suppléance de maîtresse auxiliaire ne lui avait pas été renouvelée. Rien à voir avec la poisse. Elle dérangeait, voilà tout. Non seulement elle « faisait de la politique » durant ses cours mais de surcroît elle avait été cataloguée comme anarchiste. Autant dire une abomination. Oui, elle était de ces « barbares » qui depuis 68 semaient la radicalité et que le pouvoir pourchassait. Elle s'attendait donc à ce que le rectorat la remercie. Elle refusait pour l'heure de penser au lendemain. Tant qu'elle préparerait son doctorat, elle sauverait la face. Elle avait jusqu'alors roulé à l'ordinaire et elle se fichait pas mal de traverser une période de vaches maigres. Elle verrait bien. Que pouvait comprendre à tout ça l'Italien qui était à ses côtés ? Que pouvait-il entendre, lui qui se contentait de la certitude d'« avoir réussi » ? Que dalle, que dalle. Au volant de son bolide, tout à la fois agressif et parfaitement obéissant, il pensait avec sa bite, oui, avec sa malheureuse bite. Prévisible, le type, jusqu'à la consternation. Certes il avait une voix vivante, de celles qui buvaient et fumaient, mais avait-il seulement *un cœur ?* D'accord, côté cul, elle était encore en rodage mais n'empêche, savait-il que faire l'amour n'excluait nullement la tristesse ? Le soleil noir de sa mélancolie – être moche et ne pas être – la renvoyait au double jeu – oui, bien sûr, au double je – qui était le sien, à la grande plaisanterie de sa vie.

Très tôt, elle avait tenu tête, opposante en quelque sorte dès son plus jeune âge. Elle répondait, raisonneuse face à l'arbitraire. Elle avait des mots avec ses parents, avec l'institutrice, avec le curé. Elle avait connu le piquet, dos à la classe, face au mur et s'enorgueillissait d'être allée jusqu'au zéro de conduite. De provocations en esclandres, de pitreries en fous rires, elle n'avait eu de cesse d'attirer l'attention sur elle. D'inconsciente, cette stratégie était devenue une seconde peau. Effacée, elle ? Ce qu'il ne fallait pas dire, elle le disait. Ce qu'il ne fallait pas faire, elle le faisait. Blessée et blessante, la serpe des mots ne lui servait qu'à fuir sa détestation d'elle-même, sans jamais aboutir à l'intime conviction que la beauté physique n'avait aucune importance. Le malaise l'attendait toujours au tournant. Pour vivre avec ça, avec ce trou dans le psychisme (sacré docteur Freud), elle avait misé sur l'intelligence, disons sur les études, sur la réussite scolaire. Une revanche sur le complexe en même temps que sur le cul-de-sac des origines. Elle se fabriquait ou elle s'annulait. Alors, comme un appel de vérité, « 68 » était arrivé à point, lors de ses vingt ans, pour la porter au-delà de ses limites. Faut dire qu'elle était éblouissante, la ferveur des corps, des visages, des paroles, des cris, des rires qui perçait la couche de mépris d'une société à bout de souffle. Du coup, sa gueule à part, elle la promenait comme le reste. Terminé, elle ne serait pas *seulement moche*. Alors sur les barricades, alors justement, en compagnie de ses copains anars, poing levé, poing serré, dans une exaltation à faire pleurer, elle avait eu la certitude de partir pour une éternité de ruptures. Oui, tous ensemble, ils l'enjamberaient, la loi, ils l'enjamberaient. Oh, croyez bien qu'elle ne se serait pas gênée, en ces heures-là, pour le contrarier – et comment ! – l'ami Nizan. « J'avais vingt ans. Je ne laisserai personne dire que c'est le plus bel âge de la vie », qu'il avait écrit avant guerre, avant la seconde s'entend. Ça faisait un bail.

Avec son allure de baroudeuse, elle n'était pourtant pas aguicheuse pour un poil. Bien qu'un jean « des quatre saisons » comme elle le proclamait en se marrant et des pataugas lui tiennent lieu d'élégance, elle avait besoin, tout en s'en défendant, des regards d'inconnus s'attardant sur son corps, sur ses jambes, sur ses seins. Oh, à présent elle s'en fichait pas mal mais elle était longtemps restée un objet non identifié. Pas souvent demandé. Oui, adolescente, trop grande pour son âge, bras dégingandés, elle ressemblait à une asperge. Elle avait été une fille plate, une de ces « planches à pain » que les salops de machos dédaignaient. Et c'était vrai qu'à cette époque-là, la laissée pour compte rêvait d'avoir de beaux nichons. Alors, si, à vingt ans, elle ne portait pas de dessous bêtement féminins, si elle était toute nue sous son pull ou son débardeur, elle n'allait pas jusqu'à nier ce qu'il y avait, là, de pouvoir féminin par excellence sauf qu'elle l'osait sans arrogance, sans provocation aucune. Elle ne supportait pas d'être corsetée, un point c'est tout. Mais voilà, au travers des regards de la rue qui ne la choisissaient pourtant pas, cette conscience d'être leste et alléchante ne faisait pas bon ménage avec la honte. Le compromis était même intenable, renseignée qu'elle était depuis toujours de son inconduite et de son indignité par des femmes. Et par la première d'entre elles, sa mère. Cette loi mortifiante, elle l'avait absorbée par tous les pores de la peau et elle avait sacrément du mal à la mettre au rancart. Elle était tout de même tordue, Françoise, de lui crier qu'avec son jean serré, elle avait tout d'une fille vulgaire et même lubrique, oui, lubrique. Elle était tout de même tordue de lui rabâcher qu'il lui soulignait le sexe, son Levi's, et qu'elle en avait vraiment l'air, d'une pute. Était-ce pour cette déraison qu'un beau jour elle avait, au grand dam de son père, coupé ras son épaisse chevelure ? Elle les revoyait, les boucles, voltigeant comme pétales de cerisier. Merde, elle ne serait ni Pénélope ni la Belle au bois dormant, pas davantage Marie Madeleine. Mutilant ainsi sa féminité, ne se cachant plus derrière une crinière soi-disant magique, elle avait accentué, à la lumière de sa jeunesse, les imperfections de son visage, sa peau grumeleuse et son profil ingrat. Un défi cabré.

L'Italien la croyait bien dans sa peau et ne pouvait que se méprendre devant son allure de garçon manqué et sa belle assurance. Certes, elle lui paraissait un brin étrange. Une gonzesse sans lunettes de soleil, sans bijoux, sans parfum. Rien à voir avec toutes ces belles filles (chevelure lâchée et longue jupe indienne) dont San Francisco avait fait la promotion. Avant de monter dans la voiture, elle avait eu l'air de le sonder du regard. Il avait alors remarqué qu'elle était tout de même maquillée : trait de khôl autour des yeux, hâle perceptible d'un fond de teint étalé avec une sorte de candeur. Et puis les cheveux passés au henné, les prunelles allant chercher entre le vert et le gris. En un clin d'œil, il l'avait soupesée. Elle était grande « pour une femme ». Si elle n'était pas une beauté, elle était plutôt bien faite. Lui qui baisait tout ce qui bougeait, peu lui importait qu'elle ne fût pas de tout premier choix, s'il pouvait compter sur plus de fougue, de vice même. Une paire de cuisses, c'était une paire de cuisses, et la rumeur prétendait qu'une asphalteuse était synonyme de baiseuse, qu'elle se mettait à poil pour un oui pour un non, prête à tout faire. Et la fille là était comestible, semblable à un plat cuisiné avec des épices inconnues. Il en avait l'eau à la bouche.

La conversation ébauchée avait renvoyé au loin la plaine, les villages et les champs. Des bois, des pâturages avaient défilé sur les chapeaux de roues avec toute une vie silencieuse de sentiers inaccessibles. À présent sous le soleil de ce début d'été, la terre s'ourlait de vapeurs épaisses. Les coteaux de Bourgogne, comme patinés d'un tendre voile doré, ne parlaient plus que des vins à venir. Tandis que l'Alfa Romeo s'approchait de Beaune, l'homme au volant avait demandé, un tantinet roublard, si quelqu'un l'attendait à Marseille. Elle lui avait dit que non, sans autre précision. Alors, vous êtes libre, ça tombe bien, moi aussi. Elle était restée silencieuse. Il n'existait décidément pas de meilleur remontant que de croire, durant quelques instants secrets, que l'on plaisait. Ne serait-ce qu'un peu. Elle devait, de temps à autre, se payer du bon temps, non ? À ces mots, elle était partie d'un grand rire, de ceux dont elle ne se privait pas, de ceux qui n'en finissaient pas. Mais elle ne l'avait pas contrarié. Alors ils étaient faits pour s'entendre : il était disponible. Qu'elle le sache, sa destination était alpestre mais il pouvait tout aussi bien se détendre en sa compagnie sur la rive marseillaise. Le sirop de sa voix s'épaississait. Au soleil transformé en caresse, une petite crique tranquille avec son sable en dorure pourrait les accueillir, une petite crique où ils auraient le bonheur de se baigner dans le plus simple appareil. Nous y étions ! Elle qui s'ennuyait très vite à la plage, voilà qu'il lui dépliait les flots bleus et le ciel sans nuage. Une vraie dégoulinade. C'était gai. Si encore il avait prétexté une envie de pastis au bord de l'eau…

Pour faire à toute allure diversion et alors même qu'elle s'en moquait éperdument, elle lui avait négligemment demandé pourquoi – à la quarantaine ? – il était encore célibataire. Vous me dites si ma question vous embête ? Non, non, c'est très bien, pourquoi pas, qu'on discute de ça. À l'aise, il avait allumé une nouvelle cigarette. Sur un ton enjoué, il lui avait alors expliqué qu'il était réfractaire à la sinistre idée de finir en conjoint, qu'il refusait de s'engager et de vivre à feu doux. Les fiançailles, la jeune fille fraîche et tout et tout, ce n'était pas son genre. Il était un réaliste, lui. Un homme, sous-entendu un vrai, c'était épris de mouvement, de liberté. Le mâle refaisait grossièrement surface, semblable à un de ces acteurs qui faute de pouvoir se renouveler accentuent leurs effets. Oh que non, il n'était pas du genre à terminer sa vie comme un chien tenu en laisse, à entretenir une bobonne sur le retour. Franchement, en bigoudis, rides et crème de nuit, capitonnée de graisse, le mot femme, alors, méritait-il encore de figurer dans le dictionnaire ? Elle s'était esclaffée. Il blaguait ou quoi ? Mais pas du tout ! D'ailleurs, ce que sa mère – une personne (bien sûr) admirable – n'avait pas réussi à obtenir, ce n'était pas une « simple femme » qui y parviendrait. Règles, grossesse, maternité, jardin d'enfants, très peu pour lui. Rien de mieux que le chacun chez soi : les nanas d'un côté, les mecs de l'autre. Il cherchait les emmerdes, le mufle, ou bien ? Voilà que dans le bêlement confiant de sa propre identité, il faisait comme si 68 n'avait pas eu lieu. À trente à l'heure ou à deux cents, il ne cherchait ni à pactiser ni à sauver les apparences. Elle en était estomaquée. Faut bien dire que la situation était idéale : il ne savait rien d'elle, elle ne savait rien de lui.

Elle avait hésité à exprimer le fond de sa pensée car, franchement, « des vieilles », elle n'en avait rien à fiche et elle n'en était pas vraiment solidaire. Mais celle qui refusait le destin tout tracé de toutes les nanas – se marier et avoir des enfants –, qui s'était juré de n'être jamais l'esclave d'un homme, ne pouvait faire semblant. Sûr qu'une femme vieillissait plus vite qu'un homme. Sûr qu'à « un certain âge » selon la formule d'usage, replète et flasque, gâtée par les rides, elle n'excitait plus grand monde et pouvait même être plaquée à la première occasion. Sûr qu'avec les années, même avec un visage crémé et maquillé, tout était foutu. D'ailleurs, n'avait-elle pas elle-même décrété qu'elle ne vieillirait sous aucun prétexte, de crainte de ressembler un jour à une vilaine sorcière peau-rouge, de crainte de virer hystérique ou haineuse ? À cinquante balais, terminé. Elle ne jouerait pas les prolongations. Elle se ferait sauter la cervelle. Par contre, qu'est-ce que c'était que ce coq persuadé qu'il pourrait éternellement *tout* se permettre, persuadé qu'il ne deviendrait pas, lui aussi, un vieux machin, une vieille bite ? Et la prostate, hein, la prostate ? Pourquoi ce mot-là était-il tabou ? Elle l'avait mauvaise et elle avait bien senti que le sang lui montait à la tête. Abandonnant toute nuance, elle lui avait volé dans les plumes. Comme d'ordinaire, sa véhémence la faisait ridiculement virer écarlate. Rouge comme un coq, disait sa mère.

À cette vitesse, l'Italien ne pouvait pas la fixer bien longtemps mais il lui avait tout de même jeté quelques brefs coups d'œil. Merde, elle y allait un peu fort. Malgré elle, elle avait encore haussé le ton, faisant fi de toute prudence. Dans sa volonté d'ouvrir sa gueule, elle se moquait pas mal que son chauffeur puisse même la larguer, là, sur le bitume. Tel un processus dévorant, ses rageuses convictions prenaient le dessus. *Le Manifeste des 343 salopes*, il n'en avait pas entendu parler peut-être ? C'est tout juste si elle l'avait entendu répondre : « Vraiment ? Mais d'où sortez-vous tout ça ? » Le visage définitivement cramoisi comme si une vieille humiliation sortait de ses pores, elle avait voulu qu'il apprenne qu'en cours (pendant l'heure hebdomadaire d'instruction civique, obligatoire dans les programmes du secondaire), elle ne s'était pas privée de marteler à ses élèves : « Ne vous faites pas avoir, les filles. Ne vous mariez pas, ne vous mariez pas ! » Qu'alors il lui avait fallu tenir tête, elle, la gamine au-dedans apeurée, à quelques grands gaillards. Qu'entre parenthèses, elle avait découvert un quotidien légèrement insensé où un individu solitaire se trouvait face à plus d'une trentaine d'autres. Qu'une salle de classe était (aussi) un lieu de rapport de force. Bref, tout en militant en franc-tireur pour la légalisation de l'avortement et même sa gratuité, elle avait exhorté les lycéennes à ne pas être des pousseuses de landau, à se tourner vers le Planning familial et à adopter, coûte que coûte, une méthode contraceptive. À aimer sans avoir la trouille au ventre. Qu'on se le dise, la contraception, c'était aussi important qu'autrefois la découverte de la rotation de la Terre. Ce n'était pas lui qui allait la contredire : baiser sans capote, franchement, c'était tout de même plus jouissif. Eh oui, l'enseignement de l'histoire, ne lui en déplaise, n'en déplaise aux vieilles barbes, n'en déplaise à l'institution, était *aussi* voué à l'urgence de ce qui venait. En Grande-Bretagne, la contraception et l'avortement étaient légalisés, l'âge de la majorité abaissé à dix-huit ans, la peine de mort abolie. Nom de Dieu, est-ce qu'en France, 68 aurait eu lieu en vain ?

Elle parlait continûment. Elle parlait alors même qu'il était dans l'impossibilité de comprendre. Du moins, en jugeait-elle ainsi. L'Italien n'en revenait pas. Lui qui était allergique à la politique était tombé sur une sacrée emmerdeuse qui, par-dessus le marché, le considérait comme un analphabète. Et l'exaltation de cette fille commençait même à lui taper sur le système. Ça sentait le règlement de comptes. Pour seul commentaire, il avait eu cette fois un ricanement. Pour qui se prenait-elle à la fin avec son ambition de grain de sable qui allait révolutionner le monde ? Tout en se gardant bien de dire tout haut ce qu'il pensait tout bas, que les cinglées de son espèce comptaient pour du beurre, il avait joué la contrition face à son débordement d'humeur. Il fallait de toute urgence la calmer, la jobarde. Bon, bon, il n'allait pas jouer au plus malin. Il reconnaissait qu'il était allé trop loin. Il en remettait, le faux cul, façon de l'enjôler. Avec une persévérance d'obsédé, il se disait qu'il arriverait à ses fins à peu près quand il voudrait et puisqu'elle avait chaud, va, il allait complètement abaisser les vitres. Du coup, à peine s'ils avaient entendu à la radio Joe Dassin intimant d'aller siffloter sur la colline…

Comme la plupart des gens, par préjugé ou négligence, indifférence ou bien distraction, l'Italien ne prêtait aucunement attention aux étendues champêtres ou boisées qui défilaient sous ses yeux. À cette allure, le paysage disparaissait. Dieu merci, sa coéquipière semblait se calmer. L'air soudainement propulsé dans l'habitacle lui faisait visiblement du bien. Même si elle était chiante comme un jour de pluie, il tenait à se la faire. Elle n'allait tout de même pas lui échapper. Son ton était devenu pressant. Il ne lui proposait pas moins que de la faire monter au septième ciel. Mais pourquoi ne disait-elle plus rien ? Ses trucs d'Italien, d'habitude, ça marchait. Lui était-il donc indifférent ? D'accord, cette meuf n'était pas une femelle en chaleur mais pourquoi faisait-elle de la sorte la fine bouche devant un Apollon qui lui faisait des avances ? Elle savait bien à quoi elle s'exposait en se faisant voiturer gratos, elle n'était pas innocente, putain ! Et puis que craignait-elle, hein, que craignait-elle ? Patelin, il lui avait effleuré la joue du revers de la main. « Une fille comme vous… » À mieux la regarder, avec son allure de garçonne, il finissait par la soupçonner d'être une gouine et de préférer mordre les femmes plutôt que les hommes. Une sexualité qui, en le distrayant de la sienne, l'excitait. Quoi, elle allait bien se laisser faire, cette petite conne.

La main gauche toujours sur le volant, il n'avait alors pas hésité à poser la droite sur sa cuisse à elle. Une main experte qui connaissait le chemin. Le regard fixe, elle regardait droit devant elle. Sur ses gardes. Il avait considérablement ralenti l'allure du véhicule. Effectivement quelque chose se passait, allait se passer. Elle ne se sentait ni choquée ni vraiment offensée par la manœuvre qu'elle savait vaine. Que risquait-elle ? Ils étaient sur une autoroute et le type ne pouvait pas lui faire le coup de bifurquer sans crier gare sur un obscur chemin de terre. Plutôt que de lui enfoncer dans la main des ongles qu'elle ne gardait jamais longs, elle s'était doucement penchée en avant, assurée de faire mouche. Elle avait fait mine de fouiller dans son sac et, tac, avait brandi le couteau à cran d'arrêt dont elle ne se séparait que rarement. Il lui fallait un dessin ? Il voyait fort bien ce qu'elle agitait là et l'éclair d'acier qui le narguait. Son heure était venue.

Cette fille à qui on aurait donné le Bon Dieu sans confession n'était autre qu'une dangereuse détraquée, pire, une de ces garces du MLF qui ne badinaient pas avec l'amour et qui dévoraient, c'était bien connu, le sexe des mâles. Il était bien plus fort qu'elle mais il conduisait. Outre sa chose entre les jambes, la surprise l'avait rendu idiot. Pouce, on ne jouait plus. Une fraction de seconde, dans la soudaine contraction de son visage, elle avait aperçu les rides au-dessus des pommettes et avait deviné son regard épouvanté comme si elle s'apprêtait à le saigner. En langue corse, l'extrême-onction se disait *santu oliu.* Et en italien ? Il n'avait pas le sens de l'humour ? Tant pis pour lui. Elle referma son arme d'un geste sûr. L'essentiel était bien d'avoir refroidi l'animal. Un meurtre aphone et invisible comme elle les chérissait.

Mais à présent le vent s'était levé tandis que la lumière de la mi-journée se faisait envahissante. Dans le coupé, le silence s'était durablement installé, ostensiblement discordant. L'homme à femmes lui fichait la paix. Le cœur n'y était plus. À la radio, la voix de Léo Ferré osait en sourdine « C'est extra ». Les sensations comme les pensées s'accumulaient dans les sentiers de la conscience. C'était un mauvais jour et avec ses grands principes, cette fille, corse par-dessus le marché, s'était payé sa tête. Merde, il s'en était fallu de peu qu'il ne perde son sang-froid et même le contrôle de son véhicule. Soyez bon avec les femmes ! Elle songeait de son côté qu'il n'était pas un mauvais bougre si elle avait pu, un instant, un instant seulement, l'intimider. Beau joueur en apparence, il ne faisait pas de sa déconvenue une maladie. Sûr qu'il n'était pas violeur pour un sou. Mieux valait pourtant qu'elle ne prolonge pas l'équipée malaise. Le conducteur de l'Alfa avait grillé une cigarette. Puis une autre. Alors, tout entier, visage. Elle ne pouvait pas en mettre sa main au feu mais il y avait quelque chance, oui, pour qu'il ait pu se dire que l'Italie, c'était la Corse mais *avec la civilisation en plus.*

Tandis qu'ils approchaient de Lyon, la circulation s'était intensifiée. L'Italien avait prestement remonté les vitres. Partout l'ivresse du développement et la fièvre de la spéculation foncière. L'urbanisation, avec son accumulation démente d'immeubles, de grandes surfaces, de marchandises, de trains, de camions, était en marche, infectant le paysage. Un bref coup d'œil à la jauge d'essence et son chauffeur s'était soudainement inquiété d'une station-service. Quelques kilomètres plus loin, l'Alfa Romeo roulait au pas sur un terre-plein encombré de véhicules pour s'arrêter ensuite devant un distributeur de carburant. Elle avait aussitôt prétexté « une urgence ». La portière n'était pas verrouillée et, comme au ralenti, elle était descendue. Silhouette légère, flottante. Alors qu'elle s'apprêtait, deux doigts dressés en V, à lui décocher un *peace and love*, à lui souhaiter, malgré tout, bonne route, l'Italien lui avait lancé, étrangement rigolard et gêné, que pour une femme, elle était culottée. Qu'elle avait même un certain cran.

Juillet 1971

Pour sûr qu'en faisant du stop, elle s'abandonnait à une forme d'optimisme. Comme tout le monde, des pensées à la con lui traversaient parfois la tête mais elle refusait d'avoir la trouille. Les dérapages incontrôlés, la mort au bout du chemin, oui, bien sûr, ça arrivait. Mais réduire les affaires humaines au sexe et au sang, quelle pitié, lançait-elle à ses élèves. Il n'y avait pas sur terre que des malades prêts à frapper ou à ouvrir leur braguette ! Et plutôt crever que de faire allusion au « drôle de client » qu'elle avait croisé en Corse, l'été d'avant. Si, la nuit tombée, elle se gardait désormais de braver l'asphalte incertain, et même, de jour, d'approcher certains endroits, elle revendiquait la liberté à laquelle les mecs avaient droit et, coûte que coûte, elle allait de l'avant. Au beau milieu d'un après-midi de juillet, entre Orange et Avignon, elle marchait le long de la Nationale 7, en cours d'élargissement sur quelques kilomètres. Elle marchait, non du pas de la promenade ou de la flânerie mais d'un bon pas. Les vacances scolaires étaient là et, depuis sa banlieue sud, elle était descendue passer un moment avec Jean-Marc alors en convalescence à la périphérie de Courthézon. Elle venait de fumer une clope avec lui et de boire un bon demi en terrasse. Une odeur de viande grillée flottait encore dans l'air. Rassurée sur sa santé et son moral après le grave accident qui avait failli lui coûter la vie et dont il garderait tout de même une vilaine boiterie, elle n'avait pourtant pas cherché à l'embarquer avec elle en Corse. Ça tombait bien : il ne jurait que par Lanza del Vasto et comptait tout bonnement faire un tour à La Borie Noble, le domaine tenu par la communauté de l'Arche. Elle était repartie de bonne humeur malgré un ciel brouillé par la chaleur, comme mouillé, au ras des collines. Plutôt que d'attendre qu'une voiture s'arrête, elle avançait, la tête ailleurs.

Jean-Marc (pattes d'éph' et cheveux longs) vivait non loin de chez elle, sur la commune limitrophe de Fontenay-aux-Roses, dans une HLM de la cité Paradis, dans un de ces ensembles où on n'était pas le moins du monde ensemble. Avec un de ses frères, il fréquentait son appartement comme d'autres « jeunes des cités », comme Gégé, Hamed, Jean-Louis, Djamel, Patrice, Bernard, Didier, Jean-Pierre, Momo ou Philippe. C'est à la mort de son père et après le départ de sa mère pour la Corse qu'elle avait disposé pour elle seule, dans sa vingt-deuxième année, du F3 que la famille louait depuis quelques années au 21, rue des Aulnes dans la cité des Bas-Coudrais. Du social jugé résidentiel, non loin du parc et du château de Sceaux. N'ayant plus charge d'âme, elle avait pu se laisser aller. Elle avait pu faire des siennes et dévaler alors la vie à contre-courant. Deux ans après « les événements de 68 », son appartement à baies vitrées s'était progressivement mué en un campement nomade, disons en une auberge espagnole tout autant qu'hollandaise, allemande ou marocaine. Un refuge foutraque hanté aussi bien par des loulous et des zonards que par de doux dingues et des intellos binoclards. Une drôle de pollinisation où le masculin prédominait encore. Poètes, musiciens, militants, lycéens, universitaires, routards, homos, camés, se frottaient les uns et les unes aux autres. Ainsi se tricotait, comme aux beaux jours de Mai, toute une sociabilité qui empruntait pêle-mêle à Lao Tseu et Kropotkine, à Marx et Mao, à Hermann Hesse et Herbert Marcuse. Le feu des idées et des débats, les pétards et les pipes y étaient préférés au gros rouge et aux calmants. À la nasse familiale. Aux boulots qui donnent envie de se pendre. Le mot révolution y revenait à toutes les sauces et les murs y avaient la parole. Chaque nouvel arrivant inscrivait sa maxime. *Cette vie peut être de toute beauté si elle est extrême*, avait ainsi écrit Christophe, d'une main ferme au fusain. Christophe, le frérot, l'amant, entré depuis peu dans sa vie.

Si sa porte s'ouvrait ainsi sans la méfiance du « qui est là ? », la vieille caisse Titine qu'elle utilisait pour aller bosser au lycée n'était pas davantage verrouillée. Alentour, les adultes pestaient régulièrement contre « ces petits cons aux horribles toisons », ces désœuvrés, ces vauriens, ces parasites jointés et même « poux ambulants », tout juste capables, avec leurs guitares et leurs tablas, de réveiller tout le quartier quand bon leur semblait. Vrai que l'orgie, au 21, rue des Aulnes, était sonore. N'en déplaise aux idées reçues, si on y réchauffait des solitudes, ça ne baisait pas pour autant dans tous les coins. À mieux dire, chacun, en dépit de la promiscuité et de la came, n'avait pas toujours sa chacune ni même son chacun. Si l'appartement était devenu une clairière où se fendre la poire, l'été de Woodstock et de l'île de Wight y cascadait encore dans toute sa vigueur. Passait et repassait le goût de la lutte avec les 33 tours de Ferré ou les chants de la guerre d'Espagne, les cassettes de Woody Guthrie aussi bien que celles de Bob Marley. Mais qui, entre deux bouffées de marijuana, n'était tout autant ébranlé par Iron Butterfly et son *In-A-Gadda-Da-Vida* ? Jimi Hendrix et son *Hey Joe* ? Leonard Cohen et son *Like a Bird on the Wire* ? Ou encore Dylan et son *Blowin' in the Wind* ? Qui ?

Elle repensait à sa rigolade avec Jean-Marc sur la terrasse du bar à évoquer toute la bande et le coup foireux de deux d'entre eux. Deux qui faisaient la paire. Deux qui rêvaient de mettre les bouts. Deux qui dessinaient et peignaient beaucoup. Deux qui voulaient faire des recherches dans le bleu. *La Californie est si près d'ici qu'en fermant les yeux tu pourrais la voir du fond de ton lit*, qu'ils fredonnaient souvent, les deux. L'un fils de Français de souche, Jean-Pierre, l'autre d'immigrés Algériens, Djamel, étaient descendus en stop dans le Sud et avaient décidé, une nuit de pleine lune, de faire une promenade en mer. Un rien crâneurs, ils avaient alors emprunté, comme ils disaient, un bateau à rames à quai dans le port de Sainte-Maxime et avaient fait la traversée du golfe. Arrivés à Saint-Tropez, ils avaient abandonné leur embarcation sur la plage. Allongés dans la barque, sous la garde des étoiles et bien pétés, leur corps et leur esprit flottaient librement. Mais l'aventure leur avait coûté un mois de prison avec sursis, assorti d'une mise à l'épreuve de trois ans. De là à accréditer les dires d'une certaine presse (« cheveux longs et idées courtes, sans horizon et sans idéal »), il n'y avait qu'un pas. Elle avait bien entendu d'autres pistes. Boris Vian par exemple. Ben oui, Boris Vian. N'avait-elle pas mis au goût du jour la lecture à haute voix de ses *Textes et chansons* (mais pas que) si bien que son appartement avait été plus que jamais chamboulé par les rires, par des explosions de rire ? Car, oui, pour mieux rouler dans Paris, Vian, après avoir énuméré les facteurs d'obstruction, avait imaginé la solution dite de la voiture volée. En gros, elle consistait « à ne se servir, pour circuler, que de voitures volées (que l'on vole) », disait-il, expliquant au passage qu'il était bien évident qu'il y avait trop d'agents et pas assez de voleurs (ce qui faussait le jeu). Il prédisait que de la sorte « tout le monde, et même les gens les plus pauvres, pourrait profiter d'une voiture ». Elle souriait toute seule en marchant. Le bon sens du poète n'avait échappé à personne, surtout pas à ses deux vagabonds de copains.

Elle ignorait où elle dormirait ce soir-là. Elle prendrait ce qui se présenterait. Elle s'arrêterait dans un hôtel bon marché ou, si jamais, dormirait à la belle étoile, au pied d'un arbre, enfouie en chien de fusil dans son sac de couchage. Son couteau à portée de main pour conjurer les aspérités de la nuit. Qu'importait que la dureté du sol se rappelle à elle à chaque mouvement, elle avait la chance d'être en bonne santé. Avec son frangin d'amour, ne se couchaient-ils pas sans façon à même la terre quand ça leur chantait ? Le chaud de l'un au chaud de l'autre, n'écoutaient-ils pas alors tous les feuillages du monde froufrouter au-dessus de leurs têtes ? Oui, en dépit des fois, de toutes les fois où elle se demandait ce qu'elle foutait sous le ciel, sa jeunesse opposait aux avertissements aussi bien qu'aux jérémiades un appétit de vivre qui n'était pas contrefaçon. Quelque chose valait la peine d'être tenté, quelque chose valait la peine d'être vécu, autre chose que bégayer de peur ou que se taire. La preuve avec Mai. Ça, ç'avait été du printemps, ça avait parlé. Rien que pour avoir vécu ce moment-là, alors qu'elle avait tout juste vingt ans, elle ne regrettait pas d'être venue au monde. Et il ne fallait pas compter sur elle pour se dédire, pour prétendre qu'elle s'était trompée, que, promis, elle ne le ferait plus. Ainsi absorbée de l'intérieur, elle avançait sans trop se tourmenter, sans même vouloir sélectionner la voiture ou le conducteur qui l'emmènerait plus loin. À peine si elle entendait les cigales striduler. Sur cette portion de route à deux voies, à cause des travaux, les véhicules roulaient à moindre allure. De part et d'autre de la chaussée, les accotements avaient été élargis et sa marche n'en était que plus confortable. Des camionneurs l'interpellaient vitre baissée mais elle n'en avait cure. Lui, dans sa 4L, l'avait aperçue de loin avec son jean qui en avait vu d'autres et il n'eut aucun mal à s'arrêter à sa hauteur.

La bagnole d'un blanc poussiéreux fichait le camp de partout. Moteur poussif, articulations grinçantes, pare-chocs relâché, vitres tremblantes et à l'intérieur une vraie pagaille. Elle était montée néanmoins sans se faire prier, le sac à dos tant bien que mal calé à ses pieds. Au volant, le coude appuyé sur la vitre baissée de la portière, un type dans la cinquantaine. Un grand costaud. Par la taille, les épaules, il aurait pu passer pour un joueur de rugby mais elle n'avait vu que le lourdaud. Elle s'était reproché de penser ça aussitôt sauf qu'elle l'avait bien pensé aussitôt. Elle était injuste souvent. Peau de vache, même. Capable d'infliger aux autres la douleur que la vie lui infligeait. Mais à quoi bon le nier ? Elle ne pouvait pas blairer « les gros ». Elle oubliait qu'eux aussi trompaient la solitude. Qu'eux aussi rêvaient, souffraient, buvaient, se révoltaient. Qu'eux aussi faisaient partie de la communauté des gueules cassées. N'empêche, préférer l'amande à sa coquille ? Carrément impossible. Et pas question que l'un d'entre eux mette un jour les pattes sur elle. Rien que d'y penser, ça la rendait malade. Contre toute attente, le conducteur de la 4L lui avait pourtant été immédiatement sympathique. Peut-être, dans le fond, parce qu'il fredonnait une chanson idiote, *Toi ma petite folie*, et que dans le timbre de sa voix il y avait la chaleur d'un inépuisable pays de vignes et de bon vin.

Débraillé, des touffes de poils jaillissant du cou, la panse bon enfant, les mains calleuses, les yeux pas vraiment neufs et le visage comme consumé par une soif ancienne, il avait délibérément empêché le silence de les séparer en s'efforçant d'être joyeux. En s'étonnant de tout et de rien mais aussi de sa présence à elle le long de la nationale. Sans doute la soupçonnait-il, en tant que femme, de n'avoir ni voiture ni permis de conduire. À quoi bon le détromper ? Un mégot aux lèvres, il parlait très vite et d'un geste nerveux ponctuait fréquemment ses phrases d'un énigmatique « et *basta* ! ». La voiture sursautait à chaque changement de vitesse et elle sentait sous elle les ressorts du siège à moitié défoncé. Après avoir juré, merci, que tout allait très bien, elle lui avait, pour voir, parlé chasse, pétanque, belote, pastis et même braconnage. Une convivialité masculine, paillarde et gueularde à laquelle elle était confrontée lorsqu'elle passait certains étés en Corse en compagnie de ses cousins. Des cousins bien bâtis dont, adolescente, elle s'était vaguement entichée. L'homme avait ri, d'un rire sans gaieté. Elle s'était un instant tournée vers lui. Tout est affaire de regard, qui ne le sait ? Malgré son nez trop épais, ses paupières trop lourdes, elle ne le voyait pas comme un raté de la solitude. De son côté, portait-elle en elle, sur son corps, des indices qui lui faisaient signe ? Il lui avait alors dit qu'il avait perdu sa « tendre épouse ».

Alors justement, il avait employé des phrases sentimentales en cherchant ses mots comme s'il se mettait à penser plus lentement. Le hasard faisait toujours bien les choses : la femme de sa vie, il l'avait rencontrée dans un bal. Sur le tard. Ç'avait été le coup de foudre. Vous savez quoi ? L'heure arrêtée au cadran de la montre. L'amour fou comme dans *Nous Deux*. Ce soir-là, aspergé d'eau de toilette, gauche comme d'habitude dans son complet du dimanche, il s'était néanmoins empressé de suspendre son veston et d'ôter sa cravate. Le printemps le travaillait lui aussi, le besogneux ventru. Après avoir bu quelques bières, il avait dansé jusqu'au matin. La java, à petits pas. Tous ses mots parlaient de ce souffle du premier jour, de cet embrasement. Je t'aime, je t'aime. Sa femme, il n'avait pas eu besoin de la conquérir. Il était un Méridional au sang chaud. Il était balèze, plus grand qu'elle bien sûr et tout en muscles. Il lui avait fait comprendre qu'il en avait. S'il avait le verbe parfois tonitruant et une forte poigne, habituée à l'effort, il n'était pas belliqueux pour un sou et répugnait à en venir aux mains. Ôte-toi de là que je m'y mette, ce n'était pas son truc. Jamais de la vie. Mais voilà, il n'avait pas suffisamment travaillé avec la tête. Alors, aller à la ville et faire métallo ou terrassier ? Ça, fallait bien l'avouer, il n'avait pas voulu. Probable qu'il était inapte, au fond, à vivre loin des champs. Il était donc resté métayer au pays des oliviers, des vignes et des mûriers. Elle avait immédiatement pensé à son propre père pour qui la terre était un fortifiant et qui était désigné comme cultivateur sur sa vieille carte d'identité. Bon Dieu, dire que certains naissaient nus avec leurs seuls bras et leurs seuls genoux pour vivre quand d'autres venaient au monde tout habillés.

La voix de l'homme à ses côtés s'était mise à trembler. Il avait décrit la dernière demeure. La chère tombe où sa femme dormait. L'arbuste penché sur le cœur en gravier. Il se souvenait de ses lèvres et il était le plus heureux des hommes quand elle s'asseyait sur ses genoux et lui bécotait le visage. Elle était mignonne et sexy, vous savez, avec ses hauts talons, avec sa courte robe de percale, sa large ceinture noire bien serrée à la taille et il aurait fait un malheur lorsqu'elle calait sa tête au creux de son épaule. Feuilleter la vie avec elle, année après année, saison après saison, c'était inespéré. Le chauffeur de la 4L s'était alors passé nerveusement la main dans les cheveux. Il répétait qu'il avait été ébranlé par cette disparition, par le vide qu'elle laissait. Cloître du souvenir, le monde alentour s'était mis à flotter, insaisissable. Il ne sortait pas de ce cauchemar. Il avait cru devenir fou. Il l'avait cru ou bien l'était-il devenu pour de bon ? Il était passé par des hauts et des bas, l'existence en jachère. L'amour, à ce qui se disait, ça faisait passer le temps, mais aucune femme ne l'avait réclamé. Elle devinait qu'il avait pris « des médicaments » et que, pour cette raison, il avait grossi, purgé dans le même temps de son délire mais aussi de toute envie. Il s'était étonné : pour une femme, une très jeune femme, elle en savait des choses. Elle n'avait pas répondu. Ou elle disait tout ou elle ne disait rien. Et franchement, pouvait-elle lui révéler ce qu'elle avait sur le cœur ? Pouvait-elle apprendre au type à ses côtés que, très tôt, oui, la vacherie de la condition humaine lui était tombée sur le coin de la gueule ? Pouvait-elle lui confier qu'elle n'en avait pas fini avec cette enfance-là ? Qu'à l'âge de dix ans à peine, elle fréquentait avec son petit frère les hôpitaux psychiatriques où son père, boyaux brûlés par l'alcool, était en cure de désintoxication et qu'à travers lui, elle eut vite fait de les collectionner, les images du dérapage de l'existence ? Du désespoir qui s'y enkystait et qui rongeait les traits ? Il était tout sauf un bon à rien, son Joseph de père, mais faut croire que le malheur avait trouvé à qui parler.

À cet instant, l'homme à la 4L avait eu comme un autre rire, un peu rauque, au bord des sanglots. Avec une candeur incroyable, suffocant syllabe après syllabe, il lui avait dit qu'elle n'était pas la première venue, qu'en dépit de sa coupe de légionnaire, elle ressemblait à sa femme jusque dans l'ovale inattendu du visage, les joues couperosées et le nez un brin rougi qui lui donnaient l'air d'une fille de la campagne. Il lui avait marmonné qu'elle incarnait tout ce qu'il avait perdu, lui avait échappé, tout ce qu'il avait manqué. Sûr que pour ce mec-là, l'image de sa femme éclipsait l'univers. Sûr qu'il jugeait que son vagin, maternel entre tous, n'était fait que pour lui seul. Sûr que cette passion l'enfermait dans un isolement mortel pour qu'il prenne dès lors une auto-stoppeuse pour le fantôme du souvenir. Et grandeur nature, s'il vous plaît. *Toi, ma p'tite folie, toi ma p'tite folie, mon p'tit grain de fantaisie, Toi qui bouleverses, toi qui renverses tout ce qui était ma vie.* Elle s'était sentie vaguement émue tandis qu'un violent embarras la gagnait. Le temps se mettait à tanguer. Sur le seuil de la mémoire, les larmes hésitantes de cet homme lui en rappelaient d'autres. Celles de son père lorsqu'elles sortaient enfin au grand jour. C'était ridicule et pourtant elle était en passe de se faire avoir par ce drôle de couillon, elle s'attendrissait devant ce qu'elle prenait pour un besoin impérieux et enfantin d'affection. Oh ! Cette pitié qui consume. Pour un peu, sans arrière-pensée, pire, sans méfiance aucune, elle l'aurait pris dans ses bras, ce malabar, comme on console un chien perdu.

À un grand carrefour, sans rien dire si ce n'était « et *basta* ! », il avait ralenti pour tourner à droite et dans une embardée grinçante, prendre la départementale. Il voulait lui montrer le hameau où il vivait, la vieille maison qui sentait le sarment et la fumée, le jardin, la vigne, la photo de sa femme. Une idée fixe. Elle boirait bien quelque chose ? Elle avait tout son temps, n'est-ce pas ? Et puis, d'un coup, le corps énervé, les yeux écarquillés et enflammés, comme en transe, la sueur ruisselant en filets sur les tempes, il lui avait proféré d'une voix monocorde que le con de sa femme était bon, qu'il n'aimait pas retenir son foutre, qu'il fallait de l'impudeur pour faire du stop, qu'il s'en moquait qu'elle soit libre ou non, qu'elle pouvait passer une petite heure avec lui et faire mousser sa vie. C'était le bouquet ! D'accord, les filles étaient très rares à s'aventurer seules sur les routes mais une nouvelle fois, elle était victime d'une rumeur « dans le vent » : la Californie, la Beat Generation, le Flower Power et la gigantesque *love parade.* Elle était victime d'une image : les filles aux seins nus qui, bien entendu, baisaient à tout va. Voyons, était-il donc assez fou pour la prendre pour « une petite » qui épouserait instantanément son tourment ? Désolée, son humanité n'allait pas jusque-là. Elle ne badigeonnait pas d'un rouge arrogant ses lèvres ni ne portait de gros anneaux en toc aux oreilles. Elle déambulait, point-virgule. Mais voilà, le type ne faisait pas dans la dentelle, il cousait plutôt à gros points. Il avait lui aussi repéré ses nichons bien fermes et voilà qu'il voulait à toute force mettre la main dessus, se ragaillardir au contact de leur jeunesse, perpétuer des gestes, allez savoir, peut-être même se mettre à téter. *Once again.*

Le problème c'est qu'il prenait visiblement ses rêves pour des réalités. Ma parole, il la voyait déjà bougeant sur lui. Elle gardait les yeux rivés sur la route, préférant ignorer cette capacité et cette fierté toute masculine à faire surgir très vite un message clair. Mine de rien, il semblait, le bougre, avoir encore ce qu'il fallait pour ça. Dans un drôle de salmigondis, il avait grommelé que le monde était un bordel. Elle avait compris « portel », un collage plutôt marrant de bordel, hôtel et porte. Mais pas de quoi se tordre de rire. Il bredouillait à présent des insultes. Elle était devenue une ennemie. Une salope. Une putain. Il la traitait de tous les noms d'oiseaux. Il parlait de quoi à la fin ? C'était certain, il ne l'entendait plus et il allait se jeter sur elle comme un porc. Comment tenir en respect cette espèce d'implacable folie ? La peur maudite qu'elle croyait abolie, telle une foudre lente, fondait sur elle. Assaillie par un irrépressible et grotesque « mon Dieu, aidez-moi ! », son intuition, en la circonstance, lui commandait de ne pas sortir son couteau fétiche. D'ordinaire, le reflet d'une lame, ça calmait. Mais, là, jouer à la dingue, c'était trop risqué. Le type aurait vu rouge. Même si son tape-cul ne roulait pas très vite, elle hésitait à ouvrir la portière et à sauter. Quant à tirer brusquement le frein à main, c'était bien trop dangereux. Elle n'avait jamais essayé mais peut-être pourrait-elle, le moment venu, lui donner un bon coup de genou dans les couilles ? Ça marchait, à ce qu'on disait.

La chance avait été de son côté. À un embranchement vers un chemin pierreux, un attroupement. Un accident. Sans doute un refus de priorité. Un vélo à terre, des gendarmes, une ambulance. Un chauffard en fuite ? Lui, n'en croyait pas ses yeux. Il avait été contraint de piler brutalement. Impossible de conclure sa petite affaire. Ça lui faisait les pieds, à ce fada. Quoi qu'elle prétende, elle se tissait aussi comme ça son histoire, de ces bribes de faits, de ces heures en allées, de ces heures flottantes et imprudentes. De ces coups de chaud, de ces coups de sang. Vite, elle s'était saisie de son sac à dos, vite, elle s'était éclipsée. Sans mot dire. Sans même rire. De ce rire soudain et irrépressible. De ce rire déchaîné qui se réjouissait d'être. Vite, elle avait arrêté un véhicule dans l'autre sens et avait disparu, laissant un pauvre type, une carcasse vide, le front sur le volant. Sa queue dressée appellerait dans la nuit. Une petite mort. Et *basta* !

Avril 1970

Le temps était plutôt frisquet. Des nuages chargés de pluie avançaient méthodiquement. Un grand policeman à ses côtés (de ces *bobbies* débonnaires et sans armes), elle regardait, incrédule, sa tortue bariolée s'élever dans les airs. Pour une fois, elle était partie avec sa voiture, une deuche fourbue mais follement repeinte. Un maquillage haut en couleur entrepris avec les copains. La bagnole avait été rendue neuve à la joie et à d'autres saisons mais il avait suffi d'un instant pour que cette œuvre d'art sombre dans le chaos. L'oubli momentané de la conduite à gauche et ç'avait été l'accident. Sans gravité, certes, mais le choc avait été suffisant pour que l'antiquité parte définitivement à la casse, concrétion d'existence soudainement happée par un invraisemblable camion-grue. Là, sur le bord d'un trottoir, une tristesse glacée roulait en elle. À l'origine, Alain, un pote fou de montagne, devait l'accompagner. Ensemble, il leur arrivait de faire de la varappe sur les rochers de la forêt de Fontainebleau ou sur quelques falaises du côté de Nevers. Vrai qu'il touchait sa bille, ce mec-là. Elle, elle faisait de son mieux pour dompter sa peur du vide et pour être à la hauteur mais sa crispation, même « en artife » avec piton, mousqueton et étrier, ne mentait pas. Pour ces vacances de Pâques, elle avait voulu se changer les idées et fuir quelques jours Paris où la flicaille battait un peu trop le pavé. Alain lui avait alors proposé de filer au pays de Galles et de gravir le mont Snowdon. Pourquoi pas ? Sauf que, faisant fi de sa trouille à elle, son copain avait égoïstement prévu de se hisser jusqu'au sommet, en pur style alpin, avec un sac et une corde. Un retour à l'humilité, qu'il disait. Rien que ça.

Alors, sur un coup de tête, elle avait changé d'avis. Elle partirait seule. Alain n'avait pas insisté. Aller là-bas, en Angleterre – et en premier lieu dans sa capitale – était quasi un rite de passage mais pas pour lui. Et voilà qu'après avoir pratiqué, deux jours durant à Londres, un *bed and breakfast* dans une modeste maison en briques rouges, après avoir entendu avec délectation l'appel lointain des remorqueurs, après avoir savouré, comme elle les aimait, d'interminables petits-déjeuners, elle avait décidé de faire du stop plutôt que de circuler en train ou même en autocar. Elle se souvenait d'Orwell parlant des agréments de l'Angleterre pour qui avait les moyens de se les offrir : salle de bains, fauteuils, confiture d'oranges, pain bis, sauce à la menthe, bière bien faite avec houblon véritable. Lui qui en avait bouffé de la vache enragée, résumait : un pays fort agréable à condition de ne pas être pauvre. Elle, qu'avait-elle donc à craindre ? Elle n'avait nul besoin de faire la manche, encore moins sous un soleil brûlant à crever. Et puis elle connaissait la musique. Au tout début de ses pérégrinations, elle était bien encore un peu gourde mais elle avait vite appris à se débrouiller. Dans l'ordinaire des gestes, dans la frugalité. De surcroît, n'avait-elle pas sur elle son gris-gris, le couteau qu'il fallait toujours avoir avec soi, au dire de son paysan de père. Si elle avait bien glissé dans son sac une carte Michelin, le menu du jour, elle l'ignorait. Rien de tel pour la mettre en appétit. Il ne s'agissait pas d'entrer dans l'aventure avec un grand A mais de se perdre dans les petits émois comme ils venaient. Les émois de peu comme on disait *les gens de peu* ou même les paysages de peu.

Un soleil de soufre pâle sortait de la brume. Ce printemps s'annonçait incertain comme il l'était souvent en Angleterre. Ses habitants avaient la réputation de ne pas juger vulgaire le fait de se déplacer à pied. Sans surprise, les automobilistes s'étaient arrêtés. Et nulle image de femelle dans leurs yeux ! Dans ce pays, elle découvrait qu'elle n'était pas d'une espèce zoologique particulière. Son corps ne semblait plus la désigner en tant que femme. On aurait même dit qu'il n'exhalait aucune espèce d'attraction. Elle qui était habituée aux œillades salées des Latins et même à leurs sifflements – au point qu'il lui arrivait de se planter carrément devant eux en leur demandant méchamment s'il y avait « un problème » – passait outre-Manche quasiment inaperçue. À croire que les Britanniques étaient vraiment passés maîtres dans l'art de se dominer. Ce qui laissait augurer en tout cas qu'elle n'aurait pas à sortir son arme fétiche pour un oui pour un non. Bref, rares étaient les yeux qui lui faisaient la cour. Sans s'avouer mortifiée, elle s'était surprise à s'imaginer déguisée en pute. Pour voir, juste pour voir. Racolant avec insistance et discernement de placides bonshommes, bien sûr en chapeau melon. Racolant avec une tenue de circonstance : jupe au ras du cul (ça, elle pouvait se le permettre), bas résille, talons aiguilles, bijoux voyants et petit sac qu'elle aurait, évidemment, fait tourner d'une main. Clope entre les doigts, maquillée à souhait, bouche entrouverte. Disponible. Tu viens chéri ? Alors, alors justement, auraient-ils enfin louché sur elle, ces Angliches ?

Depuis le Grand Londres, c'était pratiquement le cours rural de la Tamise qu'elle avait suivi. À la sortie de Reading, le crachin s'était fait insidieux. Elle s'était empressée de faire signe. Une grosse cylindrée, tous chromes dehors, s'était arrêtée. Étant donné sa dégaine – on aurait presque pu imaginer qu'elle était restée un an sous la pluie – elle avait un court instant douté que ce fût pour elle. Pourtant, la splendide Bentley d'un bleu sombre attendait. À la voir s'approcher dans le rétroviseur, l'homme qui conduisait n'avait pu réprimer une légère contrariété. Il avait aussitôt compris qu'elle ne fréquentait pas les instituts de beauté. Avec son pesant manteau afghan qui sentait le bouc comme elle disait en rigolant, son jean et ses chaussures aux épaisses semelles de caoutchouc, la pouceuse n'avait rien des petites-femmes-bien-mises qu'il côtoyait. Jeune, certes, mais pas vraiment présentable. Bref ! Pas féminine pour un sou. Lui, l'aristocrate tiré à quatre épingles, n'avait pourtant pas reculé devant cette figure du désordre. Pas davantage il n'avait posé sur elle un regard dédaigneux ou même soupçonneux. Bien au contraire, dans un visage creusé à la Beckett, ses paupières tombantes laissaient passer de la bienveillance et comme de la bonté. Vite, elle avait ôté sa lourde pelisse et posé son sac à dos sur la banquette arrière. Dire que les gens voyageaient avec des tas de bagages ! L'homme au volant n'était visiblement pas pressé. Sa journée s'était probablement annoncée semblable à toutes les autres mais n'importe quelle vie humaine, qu'elle le veuille ou non, n'est-elle pas toujours *aussi* une vie quotidienne ?

Nuque droite dans son spacieux véhicule, à l'intérieur en cuir et ronce de noyer, il conduisait lentement. Il conduisait d'une main, avec une certaine désinvolture, tandis que de l'autre il jouait de son fume-cigarette. Une sonate de Scarlatti lui tenait compagnie. Il se dirigeait vers Oxford car, non loin de cette ville où il avait fait ses humanités, sa sœur, tout aussi froissée que lui par les années et tout aussi encombrée par les souvenirs, possédait un manoir. Elle avait décidé d'y fêter son anniversaire, de se remettre sous les feux de la rampe. D'un ton courtois mais non sans une pointe de raillerie, l'homme à la Bentley l'avait invitée à se joindre à eux, à entrer dans la cour des grands. Elle n'était pas dupe. Dans le silence ordonné de sa vie, sans doute cherchait-il à arrondir les heures et n'importe qui d'autre, bien sûr, aurait pu faire l'affaire. Elle s'était gentiment tournée vers lui. Oh, il avait bien soixante-dix balais. Probablement davantage. Un homme d'une autre époque mais qui n'avait peut-être plus grand-chose à dire à ceux de sa caste. Tout de gris vêtu, costume trois-pièces agrémenté d'une pochette de soie, un rien dandy, il portait un élégant feutre gris légèrement incliné sur le devant de la tête. Assez large d'épaules, grand à n'en pas douter une fois déplié, à coup sûr lecteur du *Times*, il devait être du genre à ne jamais hausser le ton. Malgré sa mise soignée – plutôt *old-fashioned*, faut bien le dire –, elle ne s'était pourtant pas dit qu'il sentait le vieux. Comme sa voix était d'une grande douceur et qu'il ne la prenait pas le moins du monde de haut, elle avait un instant été tentée par la vie de château. Elle avait hésité, vrai, avant de refuser, d'écarter ce que, dans le fond, elle prenait pour une plaisanterie. Non, non, merci, elle manquait d'appétit pour le baisemain. Pour les obligations, n'en parlons pas. Elle s'était entendue improviser qu'à sa façon elle était bien une femme du monde mais d'un monde flottant, d'un monde à venir, gorgé de lumière.

L'homme à ses côtés la transportait comme s'il allait au spectacle. À perte de vue s'étendaient des terres à blé, entrecoupées de haies et de prairies. Des corbeaux volaient par endroits tandis qu'une brume paresseuse nappait l'horizon. Tiens, Kerouac, dans *Le Vagabond solitaire* qu'elle avait lu récemment, en avait à peine parlé de cette campagne anglaise, de ses fermes tranquilles, de ses vaches, prairies, landes, routes étroites et de ses fermiers à bicyclette qui attendaient au carrefour. Elle avait tout de même acquiescé. Oui, oui, le paysage était beau. D'un vert inégalable. En français, de crainte peut-être qu'elle ne comprenne pas, le lord l'avait à brûle-pourpoint interrogée sur la rentabilité du stop. Car c'était rentable, n'est-ce pas ? Elle avait reconnu qu'elle voyageait à bon marché. Elle confirmait : *she was a woman* et vrai que pas un type ne lui demandait de partager les frais de carburant. Vous avez cet avantage d'être une femme, n'en abusez pas. Sur quoi il avait ajouté, sans se départir de sa bonhomie, que le stop n'était pas un art de vivre, qu'à vingt ans, s'il prenait le visage de l'aventure, cette aventure s'avérait des plus superficielles, qu'en définitive faire du stop représentait une sorte de parasitisme. *Ô saisons, ô châteaux, quelle âme est sans défaut ?* n'avait-elle pu s'empêcher de penser tandis que, vite, elle avait tenu à le détromper. Elle n'était en aucun cas dans la déglingue, disons, dans le *no future.* Elle ne zonait pas et, d'ailleurs, elle n'était pas la première venue. Elle était étudiante à la Sorbonne et elle terminait même une suppléance de professeur d'histoire dans un lycée de filles de la proche banlieue de Paris. Pour ne pas le nommer, le lycée Marie Curie à Sceaux. Comme ce *serious man* restait silencieux, elle avait cru bon d'ajouter qu'elle possédait bien une automobile mais qu'à peine arrivée sur le sol anglais, dans la proche banlieue de Londres, elle avait eu un accident. Elle n'avait aucunement été blessée mais son véhicule, hélas, était foutu. De quelle voiture s'agissait-il ? D'une 2 CV, pourquoi ?

L'homme à la Bentley avait immédiatement posé son fume-cigarette pour se ranger sur le bas-côté de la route. Décidément, il avait de bien belles mains, longues et osseuses. Des mains qui n'avaient jamais travaillé. Sans crainte d'être ridicule, il lui avait confié, en français de nouveau et toujours avec son bel accent chantant, qu'il n'était pas, comme la nouvelle génération, un exhibitionniste des sentiments et de l'intelligence. Que si son cœur se traînait, cela ne l'empêchait pas d'être chaviré par le paradis épars dans l'univers, là où justement la jeunesse passait son chemin. Elle avait fait mine de le suivre mais elle ne voyait pas bien où il voulait en venir. La chair s'engourdit, savez-vous, mais pas l'âme. Malgré l'aigreur de ses nuits, il éprouvait de l'allégresse pour bien des choses. Et d'un ton presque blagueur, il lui avait avoué, pour finir, qu'il en rêvait, d'une 2 CV. À présent, où était donc passée la sienne ? Il voulait absolument la lui acheter. Cette histoire ranimait sa passion. Par le hasard de la naissance, il pouvait acquiescer à tout et faire ce qui lui chantait. Il en convenait, il n'avait aucun mérite à ça. À propos, avait-elle jamais lu Bertrand Russell et son *Éloge de l'oisiveté* ? Elle n'en croyait pas ses oreilles. Transformée en auto-stoppeuse de luxe, un *has been*, un sang bleu par-dessus le marché, s'intéressait à son épave. La Bentley était repartie. Elle avait expliqué que sa deuche avait été envoyée à la casse elle ne savait où et qu'elle prenait comme un signe du destin que cette bagnole ait pu terminer sa course sur une île. Comme le vieux sujet de Sa Majesté s'en était étonné, elle lui avait dit, un brin narquoise, qu'elle était originaire d'une autre île, d'un petit pays qui avait vu naître le plus grand ennemi de l'Angleterre. Le lord en gloussait de contentement. Ils ne pouvaient que faire affaire, non ?

En cette journée grise d'avril telle qu'on en voit souvent à Londres et à Paris, voilà que le spécimen d'une fin de race avait alors doucement évoqué l'immense activité dont grouillaient la terre et les cieux. Sa fascination pour les paysages, ceux de Constable tout particulièrement, qui étaient plus agréables à regarder et plus convaincants, avait-il assuré, que bien des photographies. Le vieil homme au volant parlait de grand art, d'une peinture qui transfigurait la réalité pour mieux la sauver. Il parlait de la beauté tant elle faisait du bien. La peinture, la beauté, avait-elle bredouillé. Ses parents n'avaient jamais mis les pieds au Louvre ou à la salle Gaveau, pas même dans un théâtre. C'était à l'école qu'elle avait fini par goûter à tout ça. À y goûter à peine tant l'enseignement artistique était bâclé. Inexistant. Elle avait avoué à son voisin qu'elle n'était pas une visiteuse assidue de musées. Néanmoins, au hasard d'une virée aux Pays-Bas, elle avait eu au Rijksmuseum le bonheur, oui le bonheur, d'approcher des peintures de Rembrandt. Leur surface profonde. Alors qu'elle était plongée dans la contemplation d'un autoportrait, quelque chose avait frémi en elle.

Le peintre vieilli, sans or ni velours, y arborait une expression étrange qui l'avait ramenée inexplicablement à Joseph, son père. Une expression de profond scepticisme. Mais son père ne lui ressemblait pas. Il était beau, son père. Alors quoi d'autre ? Rembrandt n'avait pas l'œil de tout le monde et cette façon de regarder, les yeux dans les yeux, dans un clair-obscur enfumé d'incertitudes, l'avait bouleversée. Fini le silence hautain d'un tableau. Pour la première fois, elle avait découvert qu'une œuvre parlait. Peu s'en était fallu qu'en quittant la salle elle ne dépose un baiser sur un autre portrait du Hollandais, celui aux yeux hagards, un baiser sur les curiosités de son visage, un baiser comme un soupir. Avait-elle eu soudainement conscience de côtoyer une impalpable vérité qui ne pourrait que la hanter ?

Elle qui avait une certaine affection pour la mélancolie et qui déclarait volontiers qu'elle préférerait se mettre une balle dans la tête plutôt que de vieillir avait alors regardé son compagnon de route plus attentivement. Pourquoi lui avait-elle subitement prêté une grâce certaine ? Il s'acheminait gentiment vers la tombe. Il était pourtant le contraire de quelqu'un qui s'en allait déjà. Ce qui était surprenant, c'est qu'il avait dans le regard la même disposition innocente qu'un peintre et ce n'était pas de beauté qu'il parlait mais de sublime. Si, en grand seigneur, il avait renoncé au désir, il n'était jamais solitaire ni vraiment seul. Il avait une issue de secours, *esthétique*, frissonnante d'un plain-chant. Ciel et terre et ciel encore. Une béatitude qui l'ensevelissait tout entier. Voilà ce que ce rentier grisonnant et désœuvré, pour tout dire irréel, lui disait. Dans le vent balbutiant du soir, la limousine approchait d'Oxford. Ils allaient se quitter. Oui, elle avait bien compris : il allait tout mettre en œuvre pour retrouver sa 2 CV. Elle avait esquissé un sourire. Pas de souci, elle avait de quoi s'offrir une chambre d'hôtel. Mais pour être franche, elle comptait plutôt dormir chez l'habitant. La formule lui convenait bien. *Nice evening, sir, nice evening !*

Le lendemain matin, elle avait quitté la fameuse ville universitaire par une grande avenue tranquille sans que lui vienne l'idée de jeter ne fût-ce qu'un œil sur des vitrines. Elle s'était éloignée à grands pas, comme pressée de retrouver les premières feuilles du printemps. Peu de monde sur la route. À peine s'était-elle décidée à lever le pouce qu'un chauffeur livreur s'était arrêté. Bien que maigrichon, il avait l'air dans la force de l'âge. Dans un anglais approximatif, il lui avait indiqué qu'il allait vers Birmingham mais qu'auparavant il devait faire un crochet par Stratford-upon-Avon pour une grosse livraison. Sans être certaine d'avoir tout à fait bien compris, elle lui avait répondu que tout ça lui allait fort bien. Le regard fixe et doux de l'homme lui avait plu. Ils avaient roulé en silence. Elle voyageait, lui bossait. Elle poursuivait des études d'histoire avec passion, lui trimait en faisant taire les chants de l'autre bout du monde. Elle ne portait plus de montre, lui avait les yeux rivés dessus. Elle prétendait valoriser sa matière grise, lui n'était plus que matière première. Elle connaissait une fatigue que rien n'avait forcée, lui était mort à la fin de sa journée.

Comme il restait silencieux, elle n'avait pas osé le dévisager. Par la vitre à peine entrouverte, elle regardait avec attention le paysage, cette fameuse tranquillité de la campagne anglaise. Un ciel apparemment égal pour tous. Elle n'avait aperçu de son chauffeur que les yeux, étonnamment étoilés, mais son accent lui avait laissé entendre sans équivoque possible qu'il était un étranger. Probablement d'origine indienne. Au bon royaume d'Angleterre, il devait être un de ces immigrés venus du Commonwealth, obligés de montrer patte blanche, de prendre le pli et de le garder. Il devait être de ceux qui ne mangeaient pas tous les jours à leur faim, qui s'alimentaient, un point c'est tout. Il était de ceux que l'on envoyait bouler comme une crotte sans importance et il n'avait probablement nulle part où aller si ça le prenait de foutre le camp. Savait-il lire et écrire ? Avait-il des gosses à nourrir ? Faisait-il des économies pour repartir au pays ? Cerné par le barbelé du mépris, où étaient les femmes, les amis ? Pas de fric, pas d'amour, un refrain bien connu. C'était à ces oubliés de la race humaine, à ces « pieds sales » venus du Tiers-Monde, qu'il fallait demander ce qu'ils en pensaient, de la fameuse grande famille des hommes.

La camionnette était entrée dans Stratford bien avant que midi ait sonné. Elle avait voulu lui donner un coup de main. Il avait refusé en riant comme à une incongruité.

Après avoir effectué sa livraison, il lui avait fait comprendre, en deux mots, avoir droit à une pause d'une demi-heure et qu'il comptait en profiter pour casser la croûte. C'est alors que dans la coquette ville de Shakespeare, non loin d'un petit pont, au bord de l'Avon engazonné, il lui avait proposé de partager son repas. Dans le cadavre des jours, dans la tristesse des kilomètres sans fin, il savait faire contre mauvaise fortune bon cœur. Une nouvelle fois, telle la flamme d'un haïku, elle avait pris conscience de la portée d'un regard, du prix des choses sans prix. Pour qu'un oiseau puisse chanter, disait une parole indienne, il fallait qu'un autre l'ait regardé. Avec sa gueule de métèque (épaisse chevelure, peau sombre et yeux mordorés), avec son duffle-coat élimé et ses chaussures tout aussi usées, il semblait vivre à l'envers de la guerre. Avec trois oranges, trois bananes, du riz et du poisson, voilà tout. Baisser la tête, dormir et mourir. Rien d'autre ? Sur la haute mer de l'existence, elle savait le courage et l'imagination qu'il fallait pour briser les rets du désespoir et de la défaite, elle savait qu'il ne suffisait pas d'être vivant. Elle repensait à son père, exilé lui aussi, capable dans son île de tirer parti de l'éternité d'une olive et qui, chaque jour, en bleu de travail ou en canadienne, traversait tout Paris en métro pour retrouver d'épaisses fumées d'usine. Elle repensait aux soucis de sa mère qui ne pliaient pas souvent boutique. À leur croyance naïve qu'à condition de bosser les choses allaient finir par s'arranger.

Même si elle mangeait volontiers comme quatre, elle avait pris l'habitude de se requinquer avec peu. Sans chichis, elle avait saisi la moitié du sandwich que son compagnon lui avait tendu. Leurs doigts s'étaient frôlés. Elle avait alors eu la sensation de toucher la main nue de la confiance. Dans la quiétude de l'instant, il lui avait proposé une timbale de café au lait, tout droit sorti d'une bouteille thermos. Elle détestait le lait. Il n'avait pas insisté. À voir soudain des pigeons, venus de nulle part, se battre, eux, pour des miettes de pain, ils avaient ri. D'un rire contagieux, entier, éclatant de jeunesse. Tel un arc-en-ciel qui tirait la tête au-dessus de la misère, au-dessus de la mocheté. Elle lui avait tendu deux paquets de P4, de ces clopes que l'on achetait en France quand on n'avait pas beaucoup de ronds. Elle lui avait fait comprendre qu'elle les lui offrait, que ce n'était rien. La douceur qui avait à nouveau embué le regard de cet homme, c'était ce qu'elle retiendrait de plus fort. Ils avaient rapidement lavé leurs mains dans l'Avon avant de repartir. Pour le coup, elle qui détestait les bises que l'on faisait chaque jour, pour un oui, pour un non, avait éprouvé l'envie subite de l'embrasser ce mec-là, cet étranger. De déposer, léger, léger, un baiser sur sa joue. Ronronnement du moteur. Va-et-vient des essuie-glaces. À l'approche de Birmingham, le ciel s'égouttait, signe qu'une averse venait de passer.

Après avoir traversé tout le désordre habituel des périphéries, les cités champignons où le malheur se portait bien et les antennes de télé aussi, elle lui avait fait comprendre, pour ne pas le retarder dans ses livraisons, de la laisser aux abords du centre-ville où la circulation s'intensifiait. Elle avait salué bien bas l'homme au sourire si doux et d'une parfaite retenue. Il l'avait une dernière fois regardée. Comme gêné. Comme inquiet. Elle avait longuement suivi des yeux le véhicule qui s'éloignait. Elle frémissait de honte chaque fois qu'un homme, fût-il à l'autre bout de la planète, était esquinté. Mais, part amère du voyage, elle ne pouvait rien pour ce compagnon d'un moment et pour ses frères d'ombre. Sauf que personne ne l'empêcherait de soulever la question avec ses élèves : que le malheur des hommes devienne *un reste muet de la politique*, était-ce bien normal ? Ce n'était pas par hasard si elle avait tenu à préparer sa maîtrise au Centre d'histoire du syndicalisme. Non, ce n'était pas par hasard si elle s'intéressait aussi fortement à l'histoire sociale, aux peuples maintenus entre parenthèses, aux exclus qui se cognaient la tête contre les murs. Sa grande richesse était d'être née dans « un milieu modeste ». Rien à voir avec la misère, non. *Juste* la pauvreté. Alors, c'étaient les siens, tous ces invisibles. Sous un ciel qui lui était soudainement apparu comme tragique, elle avait emprunté la première artère ouverte à ses pas. Elle marchait, casquette et sac à dos fatigués, longue silhouette protégée par sa pelisse de mouton. Il y avait du monde sur les trottoirs, pourtant l'avenue, avec ses arbres bêtement alignés, avec, à gauche comme à droite, ses murs compacts de banques, de compagnies d'assurances ou de magasins, se révélait aussi glaciale qu'une bretelle d'autoroute. Il lui serait néanmoins commode de trouver où loger pour la nuit dans quelque rue transversale. Les nuages bas, les flaques d'eau, la poussaient à dormir au chaud. Au sec. Assise sur le lit d'une chambre inconnue, elle mangerait sur le pouce. Peinarde.

Le lendemain matin, dans le froid âpre de cet avril anglais, elle s'était postée au premier carrefour venu. Alors qu'une légère bruine qui semblait faite pour durer commençait à l'envelopper, un camion bleu, un Bedford au moteur un peu essoufflé, avait surgi dans son dos pour s'arrêter net un peu plus loin. Le conducteur l'avait hélée à coups de klaxon. Elle avait couru le rejoindre comme à un rendez-vous. Le rouquin au volant affichait un franc sourire mais ses premières paroles lui étaient restées, d'emblée, incompréhensibles. Elle était tombée sur un Gallois. La voix bourrue contrastait avec le regard gouailleur, d'une étonnante mobilité. Il avait un peu de brioche malgré son allure de colosse et ses mains portaient les stigmates d'un travail précoce. Quel âge pouvait-il bien avoir ? Peut-être une dizaine d'années de plus qu'elle ? Cheveux ébouriffés, valises sous les yeux, qu'avait-il fait de sa nuit ? À vive allure, le camion avait pris la direction de Wolverhampton. Ils avaient roulé au bruit des essuie-glaces. Au bout d'un moment, il avait curieusement remué les épaules et le cou comme pour se débarrasser de quelque chose qui le gênait. Avec des mots défaillants, le lascar avait alors, alors justement, fait l'effort de lui parler en anglais. Il rentrait chez lui, dans le nord du pays de Galles, un village tout proche du mont Snowdon. Il était né quelque part et, d'entrée de jeu, le lui signifiait.

Tôt, il s'était débranché de l'enfance. Il s'était tiré, poreux sans s'en douter à une idéologie de quatre sous. Comme tant d'autres, croyant que la vie commençait outre-monts, il avait cru bon de se rapprocher de la ville, une ville, bien sûr, de tous les désirs. Les gens y étaient pourtant aussi cons qu'ailleurs. Le Gallois s'était donc exilé à *Brum*, comme il disait, pour parler de la ville aux mille métiers qu'était Birmingham. Sans qualification aucune, il était devenu manœuvre dans une usine puis tant bien que mal s'était spécialisé. Il en avait bavé. Malgré la tentation constante de revenir dans son village, il n'avait pas trébuché sur la dépression ou la mélancolie. De toute façon, elles n'étaient pas tolérées. La mélancolie n'était-elle pas synonyme de ralentissement et le simple ralentissement n'était-il pas tout à fait impossible ? Donc oublier, enfouir, ne plus voir à quoi on l'assujettissait. Elle avait une nouvelle fois regardé ses mains, toutes proches. La droite qui lâchait souvent le volant pour seconder la parole. C'étaient des mains de tailleur de pierre dans lesquelles il devait cracher pour se donner du courage, des mains qui avaient fait les foins quand il fallait, des mains qui savaient fendre du bois durant des heures entières, des mains probablement râpeuses mais fortes de leur capacité à tout résoudre. Avec son air de loubard, le Gallois semblait avoir une pleine connaissance de son sort. Tout en faisant gaffe à la route, il causait, il causait. En dépit de son redoutable accent, elle parvenait à quelques mots près à piger ce qu'il lui disait. Faut dire qu'il y mettait du sien et qu'à l'occasion il faisait l'effort de reprendre. Tout ça en anglais. Le gaillard, à présent, se rendait compte que les paysages qu'il traversait dans son enfance, et l'air qu'alors il respirait, représentaient la substance même du bonheur. En plein air, même si l'on était plus pauvre, on était moins mort. Il voulait revenir à la santé. Il voulait respirer, bordel, il voulait respirer. En ville, il n'y en avait que pour l'odeur de l'argent et s'il y revenait un jour, à Brum, ce serait pour voir quelle gueule ils avaient « les hommes qui s'étaient trompés ».

Le camion roulait, roulait. Les vitres s'étaient légèrement embuées. Elle en avait négligé de jeter un œil au-dehors. Mais quand il avait manifesté la volonté de s'arrêter pour faire le plein après Oswestry, elle s'était réjouie de pouvoir se dégourdir les jambes. Après être passé à la caisse, il s'était dirigé vers les pissotières en sifflotant. Alors qu'il ne jouait pas le moins du monde au caïd avec elle, elle s'était étonnée qu'il puisse en marchant rouler les mécaniques, énergie brute et massive soudainement dépliée. À voir ses cuisses épaisses, comment ne pas l'imaginer en rugbyman, dans ce pays où le rugby c'était comme le soleil, ça ne se critiquait pas ? Sûr qu'il n'avait rien d'un puceau solitaire qui matait les filles. Probable qu'il était même du genre à se faire faire une pipe quand ça lui chantait. Quoi qu'il en soit, il ne l'avait pas baratinée. Dans le fond, un souci en moins. Et quel repos par-dessus le marché que de sillonner un pays en ne comprenant rien aux panneaux, aux bavardages, aux graffitis. Une fois repartis, ils avaient bifurqué vers l'ouest, lui secrètement heureux de retrouver son royaume, elle de le découvrir. Non pas celui des vallées du charbon plus au sud. Non pas celui que lui avait jeté au visage *Qu'elle était verte ma vallée*, lu et relu en livre de poche. Non pas celui de la catastrophe d'Aberfan survenue deux ans plus tôt. Mais l'absolu triomphe d'un autre univers. Un ciel dilaté sous les assauts du vent, la rencontre du soleil avec un rideau de pluie, une pleine lune sur les plateaux sans oublier les prés et les landes d'une langue qui résistait à la main mise de l'anglais. Oui, une langue aux sonorités étranges et qui avait saigné au cours de l'histoire. Son pays ne s'appelait-il pas Cymru ?

Elle s'était alors surprise à lui toucher le bras pour lui confier que si elle était devenue une citadine, elle restait néanmoins une petite-fille de berger. Qu'elle était fascinée par les prairies depuis ce jour d'été où, enfant venue tout droit de la capitale, elle était montée, avec des mulets chargés de vivres, au sommet d'une montagne rejoindre les troupeaux. Qu'elle n'oublierait jamais la coulée des brebis sur le plateau, la succulence verte des alpages soudain offerte à ses yeux éblouis, le bruit profond et régulier du vent. Que c'était beau, que c'était bon, le monde grandeur nature. Que cette vision et cette sensation tout contre la joue du ciel lui revenaient fréquemment en rêve. Il l'avait interrogée sur le nom de cet endroit. L'Arinella, lui avait-elle répondu, au-dessus de Calacuccia. L'Arinella ? Calacuccia ? Elle avait ri. Au tour du Gallois d'être déconcerté par une toponymie inconnue. Oui, l'Arinella et même, si ça lui chantait, Pietra Zitambuli, au cœur de la Corse, au cœur d'une île qui parlait une langue différente de la langue française. Une île dont les premiers occupants n'étaient nullement des Gaulois mais qui avait été, elle aussi, visitée par les Celtes. Ce n'était pas par hasard, qu'il le sache, si son Joseph Hébreu de père, un blond aux yeux clairs, avait des taches de rousseur. Son compagnon avait tressailli. Son imaginaire d'homme de la terre avait besoin d'un mot de passe fraternel. Elle venait d'ouvrir une brèche pour l'amitié.

Du coup, il avait voulu à tout prix manger un morceau avec elle, au moins lui offrir une bonne bière ou un bol de bouillon bien chaud. La route qui s'était rétrécie s'élevait dans les profondeurs bleues de l'air. La forêt de chênes ancestraux qu'ils traversaient avait la majesté d'une cathédrale et ses sentiers engourdis laissaient présager tout un royaume pour les champignons. Presque elle en oubliait dans quel pays elle circulait. Il lui avait dit qu'ils approchaient de Betws-y-Coed mais que, lui, appartenait à la communauté voisine de Llanberis, située non loin du lac de Llyn Padarn et du mont Snowdon. À fleur de terre, les pays ont des odeurs et jamais l'humide rural ne s'était autant opposé au sec de l'urbain. Bon, son chauffeur insistait. C'était un brave type, il ne cherchait pas à l'embobiner et elle avait une faim de tous les diables. Alors ? Qu'attendait-elle pour accepter son invitation ? La route s'était soudain transformée en une rue de village. Le Bedford s'était immobilisé sur un terre-plein. Dans une vague odeur d'oignon, d'étable et de feu de bois, ils avaient marché jusqu'à une brasserie toute proche. Un chien les y avait suivis. Son compagnon du jour connaissait l'endroit et avait salué tout le monde avec entrain, avec un côté mâle et fier de l'être. Ils s'étaient dirigés vers une petite table, la seule qui était encore libre, en contournant un vieux flipper. Une vague de sonorités inconnues l'avait submergée. Il n'y avait là que des paysans attablés, assis dans leur sueur, pintes de bière sous le nez. De gros bouseux comme le prétendaient les citadins. Dans la fumée bleuissante des cigarettes, elle avait un instant fermé les yeux pour n'entendre que le fleuve profond de la langue galloise, charriant les contre-rimes d'un presque bout du monde.

Le Gallois devait à coup sûr la prendre pour un garçon manqué, un rien gavroche avec sa casquette, sans pourtant deviner que pour éviter de se cogner aux quatre murs d'elle-même, elle avait appris à dormir debout, tout habillée, à se priver d'un repas, à claquer des dents, à faire même une toilette de chat dans des chiottes publiques. Les bas, les collants qui filaient, les histoires d'ongles et de coiffeur, ce n'était pas son truc. Ils étaient assis face à face. Forcément, il la découvrait de près. Sa peau, grumeleuse par endroits, luisait plus que d'ordinaire. Son nez surtout. Mais lorsque son visage s'apaisait, ses yeux pers l'embellissaient. Vous fumez ? De but en blanc, elle lui avait proposé une P4. À la première bouffée, comme il avalait la fumée, il s'était mis à tousser. Une sacrée quinte, la congestion et même les larmes, la totale quoi. Elle avait ri de bon cœur en entendant le gaillard s'exclamer « *Strong ! Very strong !* » Le rire la désarmait. Elle découvrait ses dents. Elle riait aux éclats. Il s'était esclaffé à son tour. Le fou rire les gagnait. À en pleurer. Comme c'était bon. Préférait-il une Camel sans filtre ? Elle en avait aussi. Non, non, elle n'était pas sans le sou. Elle vivait à Paris. Elle était professeur d'histoire et c'était les vacances scolaires. Alors elle était une originale ? Est-ce qu'il voulait dire qu'elle avait un grain ? Fini l'épisode de la mocheté. Elle le mangeait des yeux au grand risque qu'il se méprenne. Rousse était la bière et clair était leur regard. Voilà qu'un air de famille leur sautait au visage. Il avait entendu dire que, deux ans auparavant, il y avait eu beaucoup de tintamarre dans Paris. En guise de réponse, elle lui avait avoué qu'elle était pour de bon affamée. Il avait souri. La bousculade avait été au rendez-vous, que oui. Mais, qu'à cela ne tienne, elle déballerait « tout ça » au dessert. Promis, elle lui parlerait du premier printemps du monde, du fond de l'air devenu rouge et noir, du monde alors à réinventer. Fallait pas croire, elle n'avait été qu'une anonyme dans « cette guerre-là », une parmi tant d'autres, mais elle en connaissait tout de même un bout sur la question. Elle ne racontait pas des bobards, « elle », que non. Ils avaient ri à nouveau. D'un rire qui n'en finissait pas. Indompté.

Alors son compagnon, tignasse en pétard et chemise entrouverte, s'était brusquement levé. De là où elle était assise, elle ne voyait pas l'arrière-salle enfumée vers laquelle il s'était dirigé. Quand il était revenu, le juke-box jusque-là silencieux distillait *Hey Jude.* Hardiesse du hasard, il l'avait invitée à danser. Elle ne s'était pas fait prier. Danser, danser. La jouissance lui tombait dessus de cette manière-là *aussi.* Danser, se souciait-on jamais de danser, comme ça, n'importe où, dans un chamboulement du convenu ? Dans le café, on les regardait. Elle était élancée et lui baraqué. Le printemps, c'était joli pour se risquer à parler d'amour. Il l'avait serrée contre lui, d'un geste appuyé coulant par les muscles et les doigts, usant de ce langage physique que les hommes savent parler depuis toujours. Étreinte tout à la fois ardente et fraternelle. Elle pouvait se laisser aller, se laisser aller. Au-delà de toute parole. Dans cette traversée de la tendresse dont nul ne savait d'où elle venait mais dont tout le monde crevait, ils ne pensaient à rien, éperdus, hors de portée. Alors, alors justement, l'existence s'était ramenée à ce qu'ils éprouvaient, avec la sensation aiguë de la fragilité de la merveille. Invisible et voluptueuse palpitation. Paradis qui gît dans le corps. D'où vient que l'on reconnaisse quelqu'un sans l'avoir jamais vu ? *Hey Jude, don't make it bad, take a sad song and make it better.* Ils s'étaient retrouvés un peu bêtes, une fois le slow terminé. Comme empêchés en somme. Un grand rire les avait traversés une nouvelle fois. Un rire propre à débouter les cyniques et les idiots. Le patron de la brasserie s'était alors inquiété de ce qu'ils voulaient manger. Pour la demoiselle, qu'est-ce que ça sera ? Du *cawl* avec une autre bière ou bien ? Tant bien que mal, le bonhomme lui avait expliqué que le plat proposé était une sorte de pot-au-feu de mouton. Elle ne mangeait pas comme un oiseau et, comme on le pense bien, son ventre avait tressailli de plaisir.

Soudain très grave, le Gallois lui avait saisi le bras. Il y avait de l'attente au creux de sa main. Elle portait son visage comme une confidence qu'elle ignorait. Elle donnait de l'énergie, qu'il avait dit. Elle était en vacances, n'est-ce pas ? Elle avait par conséquent du temps devant elle. Ne pouvaient-ils se revoir ? Aucun lieu obscur et malsain dans ses paroles. Un sourire ému, le temps d'une seconde, à peine. Il lui montrerait la magnificence alentour, des gorges profondes, des prairies assoupies, des sources froides et pures, des chemins flanqués de soleil et même des neiges éblouies. La mélodie des choses, quoi. *Hey Jude, don't be afraid.* Pouvait-il donc être *cette sorte d'ami* pour elle ? Tambour de l'émotion. Vertige de son sang. Déroute de ses tourments. Nul piège bleu dans le regard du Gallois et pourtant elle se faisait avoir. C'était se laisser parler d'amour. Et la chance de cela. Demain, ils dévaleraient les pierriers du Snowdon comme cailloux qui roulent. Hélés par le vent, ils éparpilleraient les heures dans l'espoir têtu d'apprivoiser l'impossible.

Août 1970

Ce jour-là, nul signe dans le ciel laiteux. La lumière, docile à la chaleur, était infiniment tranquille. On n'entendait pas même les oiseaux chanter. Il lui fallait tourner le dos à la mer, à la barrière d'azur étale et se diriger momentanément vers le village, là-haut à la montagne. Elle l'avait promis. Elle devait tenir parole. Françoise l'y attendait, achevant de tricoter le pull-over de grosse laine qu'elle lui destinait. Elle, sa fille, « la fille de Françoise » comme on la désignait à Calacuccia, se doutait que les mois à venir allaient être rudes. Elle venait d'accepter une affectation au lycée de Massy, un complexe d'enseignement récemment implanté dans le parc de Vilgénis, pas si éloigné, une chance, de Sceaux où elle habitait. En dépit d'une bien faible différence d'âge avec ses élèves, elle se faisait une joie d'exercer, c'était son vœu, dans des grandes classes. Faut dire que les petits sixièmes, elle les trouvait insupportables, encore trop dans l'enfance à balancer constamment du « maîtresse par-ci, du maîtresse par-là ». De fait, elle ne savait pas par quel bout les prendre, alors qu'avec les grands elle pouvait pratiquer ce qu'elle appelait « sa méthode de l'égalité » et déborder sans hésitation sur les problèmes d'actualité.

Août était finissant. Le maquis, mortellement beau, pressentait le souffle pluvieux d'un orage à venir. Comme l'après-midi était avancé, Jacques et Dominique avaient manifesté le désir de la ramener jusqu'à Calacuccia. Même si elle les considérait tous deux comme ses cousins préférés et qu'avec leur père Jean-Augustin, ils étaient tout ce qui lui restait du sien, Joseph Hébreu, même si toutes les occasions étaient bonnes pour traîner en leur compagnie, elle avait préféré faire du stop. Un pied au féminin, l'autre au masculin. Encore influencée, mine de rien, par les mille couleurs du roman insulaire – le code de l'honneur et tout le bataclan –, elle se refusait à admettre que le prochain puisse, sans coup férir, y devenir un ignoble prédateur. Ses gardes du corps, qu'elle disait en se marrant, l'avaient donc laissée à l'embranchement de Casamozza, là où la nationale se divise pour bifurquer vers l'intérieur de l'île. Jacques et Dominique l'avaient regardée dans le rétroviseur, coulée dans l'austérité un peu rugueuse d'une salopette. Coupe de cheveux à la légionnaire, grosses sandales de cuir, petit sac à dos et panier rempli de légumes, elle n'était pas racoleuse pour un sou sur l'asphalte poussiéreux. Une voiture s'était aussitôt arrêtée. Une 204 break grise à la carrosserie fatiguée, avec bien sûr un homme au volant.

Il était torse nu, cheveux bruns tombant sur la nuque. À l'ombre du large bord d'un chapeau de paille, des yeux aigue-marine, d'une transparence frappante. Aucun éclair dans le regard n'avait signalé qu'il la voyait, disons, qu'il voyait son corps. En revanche, elle avait sans peine remarqué les tatouages sur les bras musclés et la chevalière à la main droite. Il avait assuré pouvoir la transporter jusqu'à Ponte Leccia. En montant à bord, elle ne s'était pas étonnée de renifler l'odeur douceâtre d'un cigare, pas davantage de découvrir, à l'arrière du véhicule, un jeune chien genre griffon et un fusil, cet accessoire d'une masculinité insulaire qui, tout en lui étant amplement familier, l'incommodait fortement. Si le XIXe semblait loin, les flingues portés à la ceinture, dans le pantalon s'entend, étaient toujours légion, brandis au vu et au su de tout le monde. Il n'y avait pas bien longtemps de ça, une nuit dans un bar de Casamozza, une nuit où, flanquée de ses cousins et de leurs potes, elle était tombée dans « une embuscade », un sombre con, un de ces adeptes de la légitime défense – de fait, un ingénieur en bordée – ne lui avait-il pas fichu son revolver sous le nez ? Il se l'était permis tout bonnement parce qu'elle lui tenait tête, elle, *une femme*, au grand risque qu'il en perde la face devant tous les autres clients. Fallait qu'elle dégage, la Parisienne. Bravache, elle avait d'abord pris ça comme un gag, elle avait pris ça pour de la gonflette, sauf qu'à un signe de tête du patron elle avait compris qu'il valait mieux ne pas faire monter les enchères et elle s'était retirée à temps.

Machinalement, l'homme à la 204 avait tourné le bouton de la radio. Il fumait le cigare avec une certaine nonchalance et les rythmes caribéens soudainement déversés lui allaient plutôt bien. Sans s'étonner outre mesure de son mutisme, elle s'était adossée confortablement au siège, le panier calé entre les mollets. Des corneilles au loin lui étaient apparues étrangement joyeuses. La route nerveuse qui lui était des plus familières défilait, longeant le Golo. Contre toute attente, l'homme au sombrero avait actionné le clignotant pour s'arrêter sur l'étroit parking d'un bar-restaurant genre « relais des amis ». Il l'avait invitée laconiquement à boire un verre. Lui-même prétendait être assoiffé. Elle n'y avait vu aucun inconvénient malgré la solitude rouillée de la bâtisse. À l'intérieur, une chorale de mouches. Une lumière désagréable, une lumière crue tout comme les regards, à l'affût de têtes nouvelles. L'homme au chapeau avait salué le patron en langue corse, sur le ton de la camaraderie virile. Le lieu était d'une banale laideur. Deux types serraient de près le comptoir, mégot aux lèvres, sifflant ce qui ressemblait à de la vodka. Quatre autres tapaient le carton, avec un pastis – l'élixir sacré – à portée de main.

Même loin de la capitale et de ses « bistrots du coin », elle, la sorbonnarde, restait une habituée de ces lieux publics portés à la boisson et à la chanson, de ces lieux où on en prenait de sévères, de ces lieux bourrés de contrevies du tonnerre. Autant d'endroits où des serveuses, même lasses, buvaient l'amertume des bavards, où la vulgarité brusquement pouvait gueuler et être magnifiée. Bite et biture. À cette différence près que seuls les mâles, dans l'île, les fréquentaient et pouvaient faire la nouba. Vrai que deux ans après 68, la présence dans ces coins-là d'une femme – faut-il préciser d'une « honnête femme » ?! – semblait toujours aussi extravagante que du côté de Tétouan ou de Meknès. La place publique, la rue, le bar ou le café restaient plus que jamais le fief des mecs. Tout ça, histoire de signifier aux femelles qu'elles étaient étrangères à tout ce qui était important. Moteur de toujours, cette division radicale, ce racisme-là se portait à merveille, ça oui. Elle qui ne ressemblait aucunement à une de ces filles en cheveux ou encore à une de ces femmes peintes, elle qui ne jouait pas la carte de la nénette sexy, bref, elle qui n'avait pas « la gueule pour », ne soupçonnait pas toujours à quel point son attitude pouvait apparaître équivoque ou scandaleuse. Elle se croyait protégée par son allure de petit mec. Elle adorait même qu'il y eût méprise et qu'on aille jusqu'à lui assener un bonjour ou un bonsoir monsieur. Elle n'ignorait pourtant pas que, dans ces endroits, le silence à certaines heures brûlait, toxique. Prêt à saigner.

Son compagnon de route avait demandé un 51. Elle en avait fait de même. Il avait vidé un peu vite ce premier verre. Malgré une cicatrice à la joue droite, il n'avait pas le genre « brute épaisse », il n'était pas un poil ventru en tout cas, comme l'étaient couramment les piliers de comptoir, et avec son chapeau de paille il avait plutôt fière allure. À son accent parisien, tous, dans le bar, l'avaient bien entendu prise pour une *pinzuta*. Une fille du continent. Une étrangère, quoi ! N'imaginant évidemment pas qu'elle comprenait « leur » langue, les imbéciles y étaient alors allés de leurs blagues salaces, sans retenue aucune. Cette façon qu'avaient certains de glisser du français au corse, lorsqu'ils voulaient être entre eux, l'horripilait, même si elle savait pertinemment que, sur un coin de zinc, c'étaient des affaires plus ou moins louches qui se réglaient et qu'alors le vocabulaire des bordels et des prisons reprenait du service. À les entendre, ce jour-là, elle ne semblait pas dépouillée de tous les attributs de la féminité en dépit de sa drôle de trogne, des boutons qui s'obstinaient encore à fleurir de-ci de-là sur son visage et de ses mains aux veines saillantes. Les supputations allaient bon train. Une vraie dévastation par la seule vertu du langage. Voilà qu'elle passait pour une fille perdue, de celles qui n'attendaient que de se faire tringler. Voilà qu'ils pariaient. « Un soutif ou pas, une petite culotte ou pas ? » Sûr qu'elle suçait et autres conneries de ce genre. Auraient-ils parlé de la même manière si elle avait été une fille de bonne famille conduisant une voiture de sport ? L'homme qui l'avait prise à son bord était resté, lui, étrangement avare de mots, comme s'il réprouvait les paroles de ses comparses, comme s'il ne voulait pas éveiller sa suspicion. Tout en serrant de manière compulsive les mâchoires, il la regardait d'un bleu éteint. D'un mauvais bleu. Sur le mur d'entrée, un gecko, longtemps immobile et silencieux, venait de bondir sur sa proie.

Deux doigts claqués avec désinvolture et les tournées de pastis s'étaient succédé sans oublier celle du patron. Son chauffeur buvait d'un trait, narines frémissantes. Même sans montre, elle s'était vite rendu compte que le temps avait passé et elle s'était souciée de la douceur subite du soir. Sa mère l'attendait. Comment la prévenir ? Il eut un vague sourire. Inutile, ils n'avaient qu'à reprendre la route et, qu'elle ne s'inquiète pas, il pousserait sans problème jusqu'à Calacuccia. Elle aurait un peu de retard, voilà tout. Tandis que le chien leur avait fait la fête, la 204 était repartie à vive allure. Elle avait soupiré. Quelle heure pouvait-il être ? Elle n'échapperait pas aux reproches maternels. Lui, l'homme au chapeau, semblait surveiller le ciel. La nuit approchait furtivement, sans sa cargaison coutumière d'étoiles. Un rougeoiement s'attardait, lézarde sanglante dans l'outremer quasi nocturne. Elle qui avait pourtant un faible pour les marginaux et les mauvais garçons avait eu une vague impression de faute. Son cœur s'était alors mis à battre plus vite comme un avertissement. Non loin de Ponte Leccia, il avait brusquement braqué à fond et pris un chemin de terre. Dans le froissement des arbres, l'air tremblait. Juste à temps, il s'était arrêté au bord du fleuve, sur la rive de gravier, pas loin de nulle part. Muette déflagration. Stupeur. Dans l'obscurité qui tombait, elle s'était sentie brutalement prise au piège. La campagne *by night*, ce n'était pas prévu. Elle était sortie de la voiture en courant. Avait-elle une chance de le semer, ce tordu, avait-elle encore une chance de s'en débarrasser ? Des cailloux et des galets partout. La guigne. Elle dérapait. Sa bouche s'était ouverte sans qu'aucun son puisse s'en échapper. La pénombre alentour. Le bruit des eaux froides du torrent. L'extrême solitude. La fin du monde.

Il l'avait bien vite rattrapée. Bon Dieu de Bon Dieu, des coups, des coups qui faisaient mal, elle ne savait pas en donner. Et merde, merde, son couteau était resté dans son sac. Avant même qu'elle ait eu le réflexe de lui envoyer le légendaire coup de pied dans les couilles, disons d'essayer, il l'avait empoignée et, lui tordant les bras, l'avait ramenée jusqu'à la voiture. Il l'avait plaquée, rapide et furieux, contre le véhicule et, vacillant presque, il s'était abattu sur elle. Ils avaient lutté en silence. Elle ne faisait pas le poids. Elle avait entendu : « *Darling*, ne me résiste pas ! » Proximité inattendue d'une odeur d'eau de toilette bon marché, d'une peau moite, d'une nuque nerveuse, d'une bouche humide, noircie par le tabac, d'une salive qui perlait. Haut-le-cœur, haut-le-corps. Sueur panique. Grelottante de peur, les jambes molles, elle lui avait alors montré les dents, alors justement, dans une infâme grimace, prête à lui entailler les lèvres. Sa bouche était devenue une tanière défendue par des crocs. Une tanière inaccessible. Une irrépressible envie de tuer lui venait mais elle était à sa merci. Il était torse nu. Sans même s'en rendre compte, elle l'avait griffé, elle l'avait mordu jusqu'au sang. Se défendre bec et ongles, c'était tout ce qui lui restait. Une misère, quoi. Tandis qu'elle continuait à se débattre, il avait fait mine de lever le poing, ce poing affûté d'une chevalière – « pour qui tu te prends, petite salope ? » – et, d'un geste, il avait très vite fait céder la bavette de la salopette, avait déchiré le tee-shirt. Il avait paluché, il avait tripatouillé tandis qu'avec le genou il forçait pour accéder à l'entrejambe. Il avait bredouillé des mots estropiés : « Je ne te veux pas de mal. Tu vas voir, ça va te plaire. Ça va te plaire, petite traînée. » La fiente de ses paroles se répandait sur tout son corps. Alentour, le néant de la nuit. Rien de possible sous la main. La terreur l'avait foudroyée. Quoi de plus simple que de la battre à mort et que de la faire disparaître de la face du monde ? Que de l'étrangler et de la jeter dans l'eau noire ?

Alors elle avait flanché. Au moins sauver sa peau. Elle avait vingt-deux ans et pas vraiment envie de mourir. Il valait mieux en finir, en finir au plus vite et quand, à l'aveugle, le mec l'avait brutalement culbutée contre terre, elle avait abdiqué avec l'âpre désespoir du condamné. Elle avait coulé à pic. Moment oppressant où tout le poids de ce corps étranger avait semblé l'écraser. Braguette ouverte, dans un grondement sourd, l'homme glissait contre elle. Sa main sale avait fouillé le vagin, sauvagement. Elle était comme de la viande, elle n'était plus rien. La bouche sans visage essayait des mots qui n'en étaient pas. Tandis que l'immonde soliloque se poursuivait, elle s'était comme absentée avec la sensation de perdre mille étés. Son bas-ventre avait senti la verge gonfler et se durcir. Elle avait serré les dents, étouffé ses larmes. Le type allait la défoncer, comme « ils » disent. Mais à deux doigts de le faire, il avait soudainement débandé. Le sperme avait à peine jailli. La bite ne suivait pas. Telle une aiguille affolée, elle s'était affaissée, réduite en un rien de temps à son expression molle et quotidienne. L'homme là pouvait aller se rhabiller. De toutes les forces qui lui restaient, elle avait contenu un fou rire, nerveux comme on le pense bien. Un rire assassin devant la queue pendante. Sauf que, dans un instantané, elle avait entrevu la face déballée. Le secret, sa valeur de vérité et son pouvoir d'épouvante. Le tocard ne pouvait plus se faire passer pour ce qu'il n'était pas. Il devait la haïr jusqu'au désir de la supprimer. Sûr qu'il n'allait pas en rester là. Qu'avait-elle donc fait pour être victime de ça ? Oui, pourquoi « mon Dieu » ? Pourquoi ? Elle, la mécréante, s'était alors surprise à supplier le ciel qu'il la laisse voir le lendemain.

Une pluie mortelle semblait tomber du ciel. Dans le froid naissant, recroquevillée sur elle-même, le corps endolori, elle n'osait plus bouger, plus respirer. Complètement sonnée. Elle venait d'éprouver en un rien de temps l'intimidation et l'humiliation millénaires. Les plaies faites et reçues dans la plus pure légalité. Le terrorisme de ça. Voir, sentir, se souvenir, oublier, tout se mélangeait en elle et se confondait. Ses pensées, stupidement, ballottaient. Là, en lisière du monde, elle venait d'écarter les jambes. Elle avait « cédé », oui, elle avait cédé. Pourtant nul flagrant délit de plaisir, nom de Dieu, dans ce sinistre rapprochement. Nulle chatte en feu entre ses cuisses foireuses. Elle n'avait pas eu le choix mais n'en était-elle pas arrivée à être soulagée de perdre ? Écorchée, écorcée, fini l'amour-propre ? Elle avait tout de même été une sacrée gourde pour avoir oublié toutes les règles de prudence. Pour n'avoir pas su d'emblée identifier l'ennemi et se faire la malle. La faute à pas de chance ? Ah ! Si seulement elle avait écouté ses cousins…

La marée du silence et de la peur qui l'avait recouverte, l'espace de quelques secondes, se retirait peu à peu. La lune faisait timidement son apparition. Elle discernait à présent les eaux basses de son cher Golo tout proche cependant que le hululement de la chouette ne lui avait jamais paru aussi secourable, aussi fraternel. Mais l'humidité la pénétrait jusqu'à la moelle. Dans ce courant d'air glacé, comme qui vient d'arriver d'une autre planète, elle revenait à elle. Et elle revenait à lui. L'homme avait alors poussé un soupir. Un râle très doux. Elle l'avait perçu comme un sanglot. Un court sanglot, comme si une trace d'enfance frémissait encore en lui. Le chien s'était mis à aboyer. Son maître s'était aussitôt relevé. En un éclair, elle avait songé au fusil laissé dans la voiture. Le type était visiblement sans méfiance. Elle pouvait s'en saisir et l'abattre. Elle n'en avait rien fait. Et si elle l'avait eu sous la main, son fameux couteau, est-ce qu'elle aurait eu le culot de le brandir ? L'aurait-elle fait jaillir la lame, aurait-elle eu cette folie de la planter, comme ça, dans un ventre ? Il l'avait pourtant maltraitée, cet abruti, et forcée à se coucher. N'avait-il pas joué à la mort ? N'était-ce pas l'infâme même ?

Il lui semblait recevoir en plein visage, pour la première fois, le faisceau de ténèbres qui provenait de l'île. La misère sexuelle sans nom qu'elle pouvait sécréter. Comme si certains poisons semblaient nécessaires à ce que l'on appelle la vie civilisée, pendant que la Méditerranée se remplissait d'ambre solaire, l'île était, elle aussi, entamée par un flux touristique sans précédent. Du coup, et sans le crier sur tous les toits, mille bites chercheuses commençaient à lorgner les campings, les camps de naturistes et les plages avec leurs baigneuses aux seins nus à l'étal. Mille bites commençaient à attendre « la » saison pour lever des touristes (allemandes de préférence) et baiser un bon coup. Et quoi, ce n'était tout de même pas un crime que de « tomber les filles » et puis, ces salopes, elles aimaient bien qu'on insiste, non ? D'ordinaire, voix tonitruante ou pas, poing dur ou pas, combien étaient-ils, les mâles, à soumettre femme et enfants ? Cette violence ancestrale n'avait nul besoin de s'inventer un argument. Et le viol, c'était une façon de faire l'amour comme une autre, pas vrai ? Elle, la supposée étrangère qui faisait du stop, l'avait vérifié à son corps défendant. Pourquoi subitement ce coin de terre devenait-il crasseux et le monde aussi cruellement vide ?

Elle n'avait pourtant pu s'empêcher de le regarder, l'homme là, rendu à son impuissance et à sa vulnérabilité. Sous l'impalpable clarté de la lune, à peine griffé de lumière, il habitait la débâcle. Il lui fallait se rendre à l'évidence : elle n'éprouvait aucune haine véritable. Pourquoi ce maléfique abattement ? Malheur à elle si sa conscience bredouillait des langages contradictoires, si sa raison avait inexplicablement le vol court. Elle était simplement compliquée, cette putain de vérité. Alors, elle, la donneuse de leçons tombée dans la nuit du non-sens, comment allait-elle se mettre en règle avec tout ça ? Ce voyage-là, elle ne l'avait pas prémédité. D'une voix blanche, l'homme à la 204, l'homme imprévu, l'homme de trop, lui avait proposé de faire demi-tour et de la raccompagner à l'embranchement de Casamozza. D'où elle venait. Peu de voitures à cette heure-là sur la nationale. Oui, qu'il la laisse, dans la plaine, non loin de la maison de ses cousins. Elle ne demandait qu'à s'étendre à même la terre, à fermer les yeux, humble dans la pénombre. Elle s'y était débattue, elle s'y apaiserait. Nul doute que Jacques et Dominique ne cherchent à la venger. Elle les en dissuaderait. À quoi bon décrocher les fusils ? Il n'y aurait pas davantage de procès-verbal. Elle ne le savait que trop, le droit était écrit au masculin et la porte close de « la justice » n'avait que faire de son histoire. Il restait d'elle-même une part intouchée, une peau pour les pensées et pour le parfum des fleurs. Il restait la merveille des matins de beau temps quand le corps se sent fort et léger. Elle s'en tiendrait là. À quoi bon obscurcir l'obscurité ? Il y aurait d'autres aurores.

Août 1971

De l'autre côté de la route, un vieillard faisait quelques pas, appuyé sur un bâton. Il avait dû vraiment pleuvoir ce printemps car un vert cru faisait encore tache sur les piémonts tournés au nord. Dans le ciel sans nuages, un milan planait silencieusement. Elle était en vacances, une façon, loin du lycée, de respecter l'existence. Elle n'en était donc plus à imaginer les mots qu'elle prononcerait le lendemain, avec sa manie d'expliquer, persuader, batailler. Elle avait tout autant mis entre parenthèses le petit local de la CNT au 39, rue de la Tour-d'Auvergne et ses camarades de lutte qu'elle rejoignait après avoir traversé tout Paris. De l'arène idéologique, elle ne se souciait plus, des meetings, des tracts à distribuer, tout ce à quoi son militantisme obligeait. Et même des articles à fournir pour *Le Combat syndicaliste*, qu'elle prenait pourtant plaisir à écrire. Loin de sa banlieue, elle se dérobait aussi à la vie en communauté. À cette présence constante des autres qu'elle s'était infligée. Elle s'éloignait de cette nouvelle famille que, dans la contagion de Mai, elle s'était choisie. Au nom de l'hospitalité, au nom des grands principes. Comme antidote aux codes, aux liens imposés et aux tabous. Cette journée radieuse, elle la voyait donc comme une détente sur toute la ligne. Le vieux cousin Dominique, qui l'avait voiturée depuis Campile, ne s'était pas montré disponible pour pousser jusqu'à Corte. Tant pis, le trajet était court, elle y rejoindrait Alain en stop. Les mains dans les poches, pour une fois. Débarqué à Ajaccio avec sa sœur aînée et son beau-frère, son pote comptait, comme à son habitude, circuler en montagne. Mais emprunter en sa compagnie l'*alta strada*, le fameux chemin d'altitude (que d'aucuns appelaient déjà le GR20), elle n'en avait pas vraiment le courage. Elle passerait une journée avec eux, voilà tout. Elle passerait cette journée-là sans incarner quoi que ce soit.

Alors elle se sentait toute neuve ce matin-là, seule au bord de la nationale, à goûter la saveur de l'air, un air remué de fruits mûrs et de fleurs nouvelles. Comment le nier ? En dépit de tout, elle restait profondément éprise de l'île et revenir à ses rivages, c'était mieux tenir en équilibre sur la terre. Si son adolescence frondeuse l'avait poussée vers d'autres horizons, elle s'était depuis peu réconciliée avec ses souvenirs d'enfant. Ses parents appartenaient à cette flopée de Corses venue s'ancrer à Marseille, Nice ou Paris. Trois ans après la fin de la guerre (la numéro deux s'entend), ils avaient mis les voiles. La capitale était devenue leur Amérique à eux, la grande ville qui allait les porter à bout de bras et où ils pourraient se refaire. Ils ignoraient, Joseph et Françoise, que ce genre de spéculation ne les mènerait à rien du tout. Ils faisaient néanmoins partie de cette diaspora pour qui la saison estivale représentait le temps du retour, de la sacro-sainte transhumance vers *u paese* (le village, en langue corse). Le temps de la grande parade, même si on n'en avait pas les moyens et qu'on se donnait bien du mal pour paraître heureux. Mis à part les fois où elle avait été obligée de partir en colonie de vacances dans quelque coin de l'Hexagone, les étés en Corse avaient ainsi rythmé une bonne part de ses toutes jeunes années. Le hic était qu'à présent l'île commençait bel et bien à se tourner vers la mer, disons à être de mèche avec le littoral. Vrai que commençaient à affluer les touristes, vrai que commençaient à fleurir hôtels et pontons, qu'apparaissaient villages de vacances et terrains de camping. Même le Club Med était entré dans la danse. Pensez donc ! Palmiers, sable fin, eaux turquoise, coquillages et crustacés – les Tropiques en somme – à une heure et demie à peine de Paris. Pendant ce temps-là, le bâti se modifiait. Les villas modernes faisaient leur apparition. Bastia « bougeait ». Terrains vagues et grues en activité, la banlieue sud était en marche. La « politique de la ville » aussi. Du genre cité Aurore et grande barre avec au bout de la route le mirage de l'hypermarché.

Elle avait fait signe à une Renault 16 blanche qui ralentissait pour traverser Barchetta. Vêtue de son uniforme, comme elle disait – jean et chaussures d'homme –, elle n'avait aucun barda encombrant. Pas même son couteau à cran d'arrêt. Le conducteur s'était aussitôt garé sur le bas-côté. En polo et en short, il laissait voir des muscles durs et bien huilés. Du genre Hercule de service sur lequel toutes les nanas pouvaient compter. Du genre « un homme, un vrai ». Le cheveu ras joliment argenté, il arborait une bague à large chaton gravée de deux initiales. Se serait-il arrêté pour une femme d'un certain âge ou pour un « simple Maghrébin » ? Les aurait-il seulement vus ? Au bout d'un moment, d'une voix de basse et affectant la bonhomie, l'homme assis à ses côtés lui avait fait remarquer qu'elle était bien silencieuse. Les femmes, d'ordinaire, ça parlait sans arrêt. Et est-ce que « ça » s'écoutait, n'avait-elle pu s'empêcher de lui rétorquer, d'un ton qu'elle avait voulu enjoué. Il ne l'avait pas laissée poursuivre. Subitement inquisiteur, il lui avait demandé d'où elle venait. Du nord. Pour aller où ? Au sud. Plus sérieusement, que faisait-elle ainsi au bord de la route ? Car enfin, si elle ne brandissait pas un jerrycan, là, en rase campagne, c'est qu'elle n'était pas en panne sèche. Alors un problème de moteur ? Du tout ! La Renault 16 était immatriculée en Corse, pourtant son conducteur parlait avec un léger accent étranger. Alors pourquoi faisait-elle du stop ? Pour tuer le temps ? Pour la performance ? Il voulait une raison.

Il ne lui venait pas à l'esprit, à ce mec, qu'elle pouvait ne pas en avoir vraiment. Que lui répondre ? Pouvait-elle lui lâcher tout de go que ça carençait au-dedans ? Que malgré les apparences, elle n'était pas du tout épanouie ? Qu'elle n'avait absolument pas le feu au cul et que vivre, elle ne savait pas bien ? Longtemps, les occasions de sortir et de baiser avaient été rares et c'était un rien réticente et rougissante qu'elle avait eu « des rapports », comme sa mère disait. Qu'elle était allée jusqu'au bout, quoi ! Oh, les feux follets de flirts sans lendemain, bien sûr qu'elle connaissait mais elle ne parvenait pas à coucher librement. Sans se poser de questions. Dans le fond, elle était rivée, elle aussi, à son *marin de Gibraltar.* Au rêve absolu d'être deux. Et c'était sans crier gare que Christophe avait mis la main sur elle, corps et âme comme on dit. Entente préalable dont on ne soufflait mot, ils s'étaient reconnus. Ils étaient pareils, pareils au-dedans, il y avait de ça. Bien sûr, ils s'étaient juré de ne jamais vivre une seule heure insignifiante et, bien sûr, il reposerait à jamais sur son ventre. Mais voilà, il était ténu le voile de ses illusions. Franchement, elle ne voyait pas ce qu'il pouvait lui trouver de si… Et son « je t'aime » était-ce à *elle* qu'il le dédiait ou bien à la vie ? Là, dans la R16, un immense frisson intérieur l'avait ramenée tout naturellement à cet amour. Allait-elle regarder s'étioler sans broncher la chance de cette passion-là ? Avec l'homme à ses côtés, elle avait pourtant fait son intéressante. Vrai qu'elle n'avait aucunement à se justifier, qui plus est devant le premier venu, mais elle avait soutenu que faire du stop à belles dents, que de sortir de la ville et même de voir du pays – il avait bien fallu lui dire qu'elle vivait dans la région parisienne – lui permettaient de considérer ses semblables, en vérité les hommes, tout autrement et que ce huis clos, mon bon monsieur, était des plus instructifs. Alors vous enquêtez ? Vous êtes une journaliste ou bien une sociologue ? À se tourner vers lui, pour lui répondre qu'elle était tout simplement enseignante, elle s'était soudainement avisée qu'il avait une gueule de mercenaire.

La R16 roulait toutes vitres ouvertes dans un regain de la lumière. Il y avait du monde sur la sinueuse nationale qui menait à Corte, la ville garnison. Comme elle n'était qu'à deux voies, un camion ou une vache en divagation avait tôt fait de ralentir considérablement la circulation. Ce fut précisément le cas et elle avait pu alors toucher le paysage des yeux. Sans retenue. C'était ce paysage qui, dans son enfance, représentait l'avant-goût de ses retrouvailles avec le Niolo et le village de sa mère. Les lieux aussi avaient un visage. Les lieux aussi parlaient. Son regard avait pu s'attarder sur un troupeau de brebis ponctuant de noir et de blanc une maigre prairie, sur une maison délabrée flanquée d'un jardin abandonné, tel un rappel que quelque chose se mourait. À cette allure, elle les voyait et les sentait bien, les choses. La délicate rondeur des figues qui n'allaient pas manquer de mûrir, l'odeur des foins placidement répandue, la scansion écarlate de quelques coquelicots sur le bas-côté de la route. Et même, en inclinant légèrement la tête au-dehors, le rapiéçage de la chaussée, ses rainures, ses nids-de-poule. Ne serait-ce qu'à voir l'état du réseau routier, comment ne pas constater que la Corse était un département sous-développé et qui avait, jusque-là, peu intéressé la France ?

Sans transition et d'un ton banal, son compagnon de route lui avait demandé si elle n'avait pas peur de circuler comme ça, toute seule, sur les routes. Ne serait-ce que d'avoir un accident sans parler des malades qui déambulaient. À son corps défendant, fallait-il lui rappeler qu'elle pouvait être blessée, violée, tuée ? Le travail de sape commençait, avec ses silences pesants entre les mots. La tentative d'intimidation était manifeste, histoire que la femelle qu'elle était reste dans le rang. Elle avait senti aux tessons du regard qu'il avait remarqué, sous le marcel, les pointes de ses seins et le doré de sa peau à l'air. Elle avait fait comme si de rien n'était et avait même plaisanté sur les risques du métier. Mais enfin, qu'est-ce qu'il croyait ? Sûr que la société, ce n'était pas de la tarte et si à la rigueur elle acceptait l'épithète de romantique, fallait pas la prendre pour une Bécassine. Ça ne l'empêchait nullement de continuer à parier sur la chance accrochée à la rose des vents. Il tapotait le volant de manière exaspérante. À qui, à quoi préparait-il la voie ? Au monstre qui ne dormait que d'un œil en lui ? En lui donnant, un comble, du « ma belle », il s'était exclamé, avec un sourire aigu sur les lèvres, qu'il y avait tout de même des types qui ouvraient les filles comme de la viande et qu'elle avait été, jusqu'à présent, plutôt vernie si elle n'était pas passée à la casserole. Vous croyez ? Elle, qui pour un rien prenait la mouche, avait tourné la tête, mâchoire serrée. Elle avait senti une moiteur gagner perfidement son visage. Embraser ses joues. À quoi rimait encore ce délire ? Pouvait-elle à la fin le prendre à la rigolade ?

À la sortie de Ponte Leccia, un homme en uniforme avait fait signe. Le képi blanc signalait ostensiblement son appartenance à la Légion étrangère. Un crissement de pneus et la Renault 16 s'était rangée à sa hauteur. Carrure athlétique, fesses charnues, rangers, ceinturon, le jeune légionnaire était monté à bord et avait salué le conducteur d'un « bonjour, mon commandant ». À entendre, dans son dos, le claquement de la portière, elle aurait juré que son cœur s'était arrêté de battre. Œil fixe et stupide, elle avait reconnu le sac et le ressac du sang dans les artères. Du calme, voyons. Elle s'expliquait à présent les cheveux ras de son chauffeur. Les tatouages qu'il arborait. Le regard gris acier qui faisait mal. Elle qui avait une dent, façon de parler, contre la couleur kaki voyageait désormais en compagnie de deux de ses représentants, de ces lascars qui couraient les rues des pays prétendument décolonisés, de ces compagnies qui, arrivés en Corse au même moment que les pieds-noirs, casernaient à Corte, Calvi et même Bonifacio. S'ils ne s'entraînaient pas avec force tirs de mortier dans le désert des Agriates, leurs convois s'étiraient fréquemment sur les routes étroites de l'île sans que les insulaires, attachés de manière générale au culte du drapeau et à la mission de l'armée, aux distinctions et aux décorations, aux galons et aux faits d'armes, y trouvent alors vraiment à redire.

Un silence opaque régnait à l'intérieur du véhicule. Nulle radio pour en divertir. Le commandant au volant de la R16 n'avait pas jugé bon de se présenter. Elle, d'ordinaire plutôt fouille-merde, n'osait poser les mille questions qui lui venaient à l'esprit. Réfugiée dans un mutisme, disons, diplomatique, elle ruminait. Circuler avec des légionnaires, la vache, il ne manquait plus que ça ! Elle aurait juré que les deux militaires échangeaient des regards dans le rétroviseur mais elle refusait de penser à mal et que sa boussole se déboussole. Allez, tout allait bien. La R16 n'était plus si loin de Corte. Que lui restait-il de mieux à faire, franchement, que de tuer le temps ? Que de gamberger comme si de rien n'était ? Elle savait bien que les types du 2e REP, tout comme les paras, s'étaient impliqués en Algérie jusqu'au cou. Qu'ils étaient de ceux qui avaient un goût très prononcé pour « l'entreprise de pacification » et son programme de cruautés ordinaires, de ces crevures qui, comme à Madagascar ou en Indochine, pour un seul type tué incendiaient des villages. Avec le cœur de fer et de boue qu'elle prêtait au commandant à ses côtés, elle n'avait pu empêcher les raccourcis hasardeux. Au paroxysme de la violence coloniale, avait-il été du côté des séditieux ? Pourquoi lui revenaient soudainement en mémoire les agissements de l'OAS, quelque neuf ans plus tôt, les attentats en série dans la région parisienne et l'un d'entre eux qui avait défiguré une fillette de quatre ans ? La prof qu'elle était devenue avait alors tout juste quatorze ans et venait de découvrir Marx en des *Morceaux choisis* de la collection de poche Gallimard/Idées. À une levée massive de la protestation dans l'opinion publique avait répondu une brutale répression. Neuf morts sans compter les dizaines de blessés. Cette tragédie au métro Charonne avait été, dans sa tête adolescente, un coup de grisou. Le printemps sur terre n'était plus une évidence. Pouvait-elle pour autant affirmer que son *énervement politique* était né là ?

Elle ne regardait plus la route et le paysage tournait en rond. Après tout, rien ne l'obligeait à faire la conversation. Sans crier gare, à la sortie de Francardo, un chien avait traversé la nationale et obligé l'homme au volant à freiner brutalement. Tirée brusquement de son engourdissement, disons de ses divagations, elle avait sursauté. Le jeune légionnaire, à l'arrière, se taisait avec correction. Absent en apparence, comme somnolent. Tigre ou mouton ? La voix off avait repris le dessus. Avec de semblables compagnons, comment se laisser aller à penser tout haut ? Le type assis dans son dos ne pouvait qu'appartenir au Groupement d'instruction des corps de la Légion installé en plein cœur de la Corse. Une de ces nombreuses recrues qui tentaient d'échapper à leur vieille peau et qui étaient soumises à un entraînement féroce, dans une obéissance absolue aux ordres. Une obéissance infinie qu'elle suspectait semblable à celle des chiens couchants. N'empêche que certains – plus couillus ? – prenaient parfois la tangente. Ses cousins Jacques et Dominique n'avaient-ils pas un beau jour découvert dans leur grange un certain Paco et ne l'avaient-ils pas aidé à s'en sortir ? Mais dans les villages de l'intérieur, la rumeur allait grandissant sur le danger que ces hommes traqués pouvaient représenter pour la population et l'inscription *Legione fora* n'avait pas tardé à faire son apparition.

Sans rien dire, à l'improviste, le commandant avait tourné à droite. Il avait quitté la nationale qui menait directement à Corte pour prendre la route étroite et tortueuse qui passait par Castirla. Une route peu fréquentée qui composait avec la solitude. Oh, pourquoi, tempes battantes, l'heure devenait-elle soudainement noire ? Pourquoi cette idiotie avérée d'être dans une bagnole à la merci de deux inconnus sans qu'aucune oreille le sache ? Le court-circuit était dévastateur. Elle qui jurait à tout va ne pas croire aux fantômes n'échappait pas au « quelque chose » resté enfoui sous sa peau, à la sueur d'une ombre dressée non loin de là, au bord du Golo. C'est alors que son chauffeur, comme s'il devinait son malaise, lui avait dit très courtoisement qu'en arrivant à Corte et avant de rejoindre le quartier Grossetti, il serait heureux de lui offrir un en-cas et même pourquoi pas, un copieux « bifteck-frites » si elle en avait envie. Oui, comme ça, à la bonne franquette. Qu'en disait-elle ? Elle avait cru percevoir une pointe de moquerie dans la voix de l'homme. Sur le qui-vive, elle avait fait en sorte de ne pas vexer l'animal. Merci mais un ami l'attendait. Désolée. Elle avait un solide appétit, ça oui, sauf que les délices d'un petit bistrot, à cette heure-là, c'était vraiment de trop. Le commandant de la Légion n'en avait pas cru un traître mot. Il voyait dans son refus comme une résistance qui visiblement le surprenait. Il était revenu à la charge. Décidément « les femmes » n'étaient jamais contentes. L'avait-il bien regardée, qu'elle avait alors répliqué à bout portant.

Avant de pénétrer dans Corte, d'un ton cassant, trahissant une nouvelle fois l'habitude qu'il avait de signifier qu'il était le patron, il avait tenu à ajouter que les légionnaires, s'ils avaient des couilles, n'étaient pas pour autant des ordures, n'étaient pas pour autant des fous ou des assassins et qu'ils n'avaient pas nécessairement un pedigree de génocidaire. Que la vie était un jeu, un jeu, il en convenait, un peu rude et même atroce parfois, où il fallait affronter l'homme, cette bête malfaisante. Mais qu'elle le sache, ce qu'il lui avait dit c'était en passant. Il l'avait d'ailleurs transportée sans qu'il y ait eu voies de fait, n'est-ce pas ? Alors, même si elle s'en tapait de la musique qui marchait au pas, eh bien il comptait sur elle pour le faire savoir. Accessoirement – et il ne chercherait pas à en faire un plat – est-ce qu'elle le blâmait, Blaise Cendrars, d'être « lui aussi » passé par la Légion ?

Septembre 1972

Elle avait senti l'aube poindre sous ses paupières et s'était réveillée avec un arrière-goût désagréable dans la bouche. Le froid de la nuit avait fait des siennes. Elle avait dormi dans un recoin, dans un encorbellement de haussières, sur le pont du *Fred Scamaroni*, un des navires tout blancs de la Transat. Elle ne s'était assoupie qu'après avoir éconduit brutalement un marin du bord qui lui proposait une cabine. La sienne pardi. Elle s'était alors endormie submergée par l'impalpable et infinie mélancolie qui sentait la mer, en négligeant pour une fois de regarder du navire la côte filer. À la lueur toujours neuve du petit matin, c'est à peine d'aplomb qu'elle était descendue à terre, son sac de couchage roulé sur ses épaules. Pressée d'engloutir un petit-déjeuner, elle avait aussitôt tourné le dos à l'eau épaisse le long des quais. Discrètement, l'été faisait place à l'automne. Elle s'apprêtait, en attendant mieux, à vivre de petits boulots, à faire des heures de ménage par-ci, par-là, à ne pas avoir grand-chose à se mettre sous la dent.

Par force, à virer végétarienne. Si son cœur se serrait à l'idée de ne plus enseigner, de ne plus avoir le pouvoir de pouvoir – qu'elle croyait –, elle tâcherait coûte que coûte de ne pas faire pitié et de ne pas vivre la brutalité du chômage comme son propre père l'avait vécue. À l'égal d'une humiliation. À l'égal d'une défaite.

Pendant qu'au centre de Marseille le vieux port s'éveillait dans les cris rauques des goélands et que sur ses quais les cafés cossus ouvraient un à un, un bistrot qui ne payait pas de mine, non loin de la gare maritime, était déjà à la fête. Nouvelles du jour. PMU. Brouhaha ouvrier. Patronne mâchouillant un chewing-gum. Œufs durs au comptoir. Petits noirs arrosés. Pourboires. Hélas, pas de gros beignets sucrés comme elle en raffolait. Deux tartines beurrées et un café double avaient fait l'affaire. De quoi tenir pour la journée. Bien que vague encore à l'intérieur d'elle-même, elle était vite sortie du troquet où une mouche exténuée allait et venait pour atterrir immanquablement sur son visage. De fumer une Camel et de marcher, ça la détendrait, même s'il lui en coûtait que ce fût au bruit des pétarades de scooters ou des klaxons de bagnoles. Marseille avait toujours été un lieu de passage pour elle. Le souvenir n'était pas lointain d'avoir dormi dans la gare Saint-Charles où elle s'était étonnée de voir passer autant de malheureux. Elle se hâtait, même si elle savait qu'elle pouvait en stop rejoindre Paris dans la journée. Si les mecs faisaient souvent du surplace, elle n'avait jamais vraiment galéré. Le long quai de la Joliette avec ses bâtiments noirs de pollution n'était pourtant pas un bon endroit. Les voitures roulaient vite, pressées d'aller au boulot. Malgré tout, quelques automobilistes lui avaient fait signe de la main que, pas de chance, ils restaient dans le coin, qu'ils ne pouvaient pas la prendre. Et puis, à une station-service, un homme à moitié dégarni et passablement enveloppé, visiblement mal réveillé, s'était arrêté. Un ouvrier qui travaillait à Fos. Elle avait accepté. Son air soucieux lui avait fait craindre, un instant, qu'il ne lui raconte ses malheurs. Mais non, il lui avait fichu la paix. Elle n'avait même pas été tenue de lui faire la conversation. Il avait mis la radio et ils avaient écouté, côte à côte, les nouvelles du jour. Ce détour ne la dérangeait nullement. Il ne portait aucun coup fatal au plan de route initial. Elle pourrait repartir ensuite vers Arles pour rejoindre Avignon et l'A7. Dans la circulation trépidante du petit matin, les inévitables ronds-points s'étaient succédé pour sortir de la ville en direction de Martigues.

Il faisait maintenant tout à fait clair. Ils traversaient les plaines et les collines calcaires à l'ouest de Marseille. Un territoire où des milliers d'ouvriers accouraient bosser « dans le pétrole » ou « dans l'acier », dans des usines pieds dans l'eau en somme. Le long de l'étang de Berre, le va-et-vient des camions s'était amplifié. La chaleur allait s'élevant. Avec elle, les grues métalliques, les citernes, les cheminées, les entrepôts, les hangars, les gravats, les déblais de l'immense zone industrielle et portuaire. À bord de l'Ami 6, la radio soliloquait. Son conducteur ne pipait toujours pas mot et elle pouvait à loisir observer la route. Dans un travelling inattendu, elle découvrait pour de vrai le « gigantesque pari sur l'avenir, sur le développement de l'Europe occidentale et méditerranéenne et même des pays du Tiers-Monde » dont le gouvernement se prévalait. Un an à peine après 68, Chaban-Delmas devenu premier ministre n'avait-il pas prophétisé, dans sa déclaration de politique générale, la construction d'une « nouvelle société » ? Avec cette « idée » qu'il était bon qu'elle ait des riches et même, des très riches, car leur fortune finirait par bénéficier à tous. La révolution conservatrice était en marche. Avec elle le triomphe de la cupidité. Le paysage défilait et elle mesurait à nouveau, sous le soleil, l'infinie tristesse de certains lieux de vie où le long hurlement de 68 ne s'entendait déjà plus. Le monde n'était pas le monde pour tous. Copacabana n'existait pas. La mer étale de tous les bonheurs, non plus. Dans l'odeur obscène du pétrole, le diable, oui le diable, avait la sale gueule du grand capital.

Sans même lui poser une seule question, le brave type qui l'avait voiturée l'avait laissée à sa demande au dernier embranchement menant à la zone industrielle et à Fos. Il allait au turbin. Il allait retrouver les entrelacs de tuyaux, le souffle monstrueux des machines, le vacarme permanent. La journée s'annonçait chaude si l'on en jugeait par l'air lourd, dégagé d'oiseaux. Femme seule au bord d'une route, elle avait a priori une drôle d'allure. Elle portait la même chose que la veille. Un marcel fripé, une ample chemise à carreaux, un vieux blue-jean qui lui collait aux fesses et même la démangeait, des pataugas. Sur sa mine chiffonnée, sur sa peau grasse et décidément bien imparfaite, le trait de khôl (de la veille lui aussi) foutait le camp. Des scolaires s'agitant dans un autocar lui avaient fait des mimiques par la lunette arrière, suivis quelques instants plus tard d'un camionneur, un sombre con qui lui avait décoché un bras d'honneur en lui lançant, sale pute, d'aller plutôt faire des mômes à la France. Elle avait serré les dents. D'autres automobilistes à la mine engourdie l'avaient ostensiblement ignorée mais elle savait bien que cette file indienne du matin était d'abord celle des travailleurs et qu'il leur était difficile de se détourner de leur satané trajet.

Alors que le jaune du soleil s'intensifiait, rien ne laissait présager qu'avec cette dégaine à coucher dehors une voiture à la carrosserie impeccablement astiquée s'arrêterait. Une voiture aux finitions parfaites, à la ligne audacieuse. Une DS 19 noire. Une des fameuses *mythologies* de l'époque. Une de celles qu'avait adoptées le général de Gaulle. Suspension hydraulique. Rembourrage des sièges en cuir véritable. Grands pans d'air des vitres. La splendide Citroën immatriculée en 75 venait de la zone industrielle de Fos. Sans blague ? Un homme d'affaires ? Un représentant de l'ordre bourgeois ? Un ennemi de classe et même un ennemi capital ? Les gros mots ne demandaient qu'à être lâchés. Un rien bravache, elle avait scruté les vêtements, le visage, les mains du conducteur. Malgré le front ridé, les cheveux gris (presque blancs), il avait encore de belles années devant lui. Teint hâlé, « air distingué », lunettes sombres, chemise, cravate, gants de peau, il avait l'assurance distante des bien-nés parisiens. Il paraissait n'avoir nullement peur d'une inconnue, d'une vagabonde, d'une pas-grand-chose, quoi. L'avait-il, la garçonne, immédiatement perçue comme désarmée ?

Il avait parlé bas, comme enveloppé d'une ouate d'indifférence à l'égard de son apparence maussade. Il avait eu la veille une journée chargée mais puisqu'elle rejoignait Paris, ils allaient faire route ensemble. Ils passeraient par la Crau et Arles pour rejoindre l'A7 en Avignon. Elle n'avait rien à craindre : il aimait conduire et sa voiture était une grande routière. La DS avait pris de la vitesse et les kilomètres avaient défilé comme rien. Elle n'avait pu réprimer un bâillement. Elle était mal en point et pour tout arranger n'allait pas tarder à avoir ses règles. D'ordinaire, elle pouvait rester vingt-quatre heures sans sommeil et regarder les jours s'écouler à l'envers. Mais, là, il fallait qu'elle dorme. L'orangé d'or du soleil battait à présent sur la Crau. Le ciel rayonnait du bleu nostalgique de l'automne. Elle semblait comme intimidée alors qu'elle n'était que sur la défensive. Elle avait senti poindre un brin d'ironie dans la voix de l'homme. De quoi avez-vous peur ? Si vous êtes fatiguée, dormez, voyons ! Ça va vous faire du bien de vous reposer une heure ou deux. Clignotant incandescent, la DS s'était rapidement rangée sur le bord de la nationale. Vous serez mieux comme ça. Gauche soudain, elle avait accepté que son voisin abaisse d'autorité le dossier de son siège. Elle l'ignorait : à l'avant, il faisait couchette. La berline avait repris sa route. Elle s'était obligée à fermer les yeux mais sous les paupières mi-closes, une inquiétude persistait. Une seule. Dans cette intimité, elle s'exposait à être vue d'un seul tenant.

La DS avait filé en direction d'Avignon. Une brume bleuâtre et moite enveloppait les lointains. Le puissant moteur ronronnait tranquillement. Obligeance bienvenue, son compagnon de route avait sorti une cassette de la boîte à gants et l'avait glissée discrètement dans l'autoradio. À faible volume, Erik Satie. L'homme à ses côtés, les mains légèrement posées sur le volant, avait une très belle façon de conduire. Gourmande et assurée. Ils avaient en un temps record rejoint l'autoroute. La voiture y changeait de file avec une extrême souplesse et doublait systématiquement poids lourds, caravanes, grosses cylindrées ou « pots de yaourt ». Au bout d'un moment, comme on contemple, incrédule, un drôle d'animal, son chauffeur l'avait regardée à la dérobée, la croyant assoupie. Que faisait-elle ainsi, rien dans les mains, rien dans les poches, à la merci de tout et de tout le monde ? Pas de garde-robe, pas de sac à main, pas de bijoux, pas de montre. Il l'avait bien sûr soupçonnée de disperser sa vie aux quatre vents, d'être probablement une de ces droguées dont l'existence, tôt, s'assombrissait, une de ces paumées, sans détermination, sans engagement, sans passé, sans avenir. Que faisait-elle donc seule à Marseille, une ville qu'il qualifiait volontiers de Chicago méditerranéenne ? Fort bien, sa passagère était rustique, était nature. Mais en définitive, noblesse ou nécessité ?

Imperceptible défaillance, délicieuse liquéfaction, elle somnolait. Il lui semblait qu'elle voyageait depuis des heures, comme si la DS avait vue sur l'éternité. Vrai qu'elle aurait bien voulu dormir tout son soûl. Elle s'était pourtant redressée. Ne croyez pas que je dorme ! Elle repensait au café noir qu'elle avait à peine pris le temps d'avaler en descendant du bateau. Je vous ai pourtant laissée vous reposer. Elle n'avait pas bronché, mortifiée. Avait-elle donc sombré dans le sommeil sans même s'en rendre compte ? Zut, aurait-elle fait du bruit en s'assoupissant ? Aurait-elle ronflé, bouche ouverte comme ça lui arrivait de le faire ? En une seconde, ce type faisait d'elle sa débitrice. Ne pouvant sortir un mot, elle avait préféré regarder machinalement le paysage et s'y perdre. L'autoroute vide et monotone permettait invariablement aux pensées de flotter dans un état second. Dans une sorte d'étrange stupidité. Elle s'était alors dit qu'avec son détachement quasi asiatique, l'homme à ses côtés avait de fortes chances d'être issu « de la haute », en tout cas d'une famille aisée. Et même d'une bonne droite catho. Bref, il avait une belle situation, comme disaient ses parents.

Elle ne l'imaginait pas ailleurs que là où elle le supposait et elle lui avait aussitôt trouvé un air de famille avec son propre parrain. Directeur général de la Compagnie des compteurs, il *était de* Campile comme son propre père. Bel exemple de « tradition en mouvement », il avait aidé le « pauvre Joseph » qui n'avait qu'un CAP de cuisinier à entrer dans son entreprise de Montrouge et par la suite à être embauché à Courbevoie, à l'usine de révisions des moteurs d'Air France. Eh oui, il lui avait « donné du travail ». C'est que Jacques et Joseph se tutoyaient. Affable, le premier saluait d'emblée, en langue corse, le second. En se levant de derrière son bureau, il faisait en sorte d'abolir la distance jusqu'à ce que, insensiblement, le français l'emporte à nouveau et ne referme la conversation. Elle n'avait pas oublié l'impressionnant immeuble dans les beaux quartiers parisiens où le député de la Corse, alors devenu secrétaire d'État à la Marine, l'avait accueillie avec Joseph. Un Joseph Hébreu plutôt fier de sa familiarité avec « le ministre », avec un homme qui était au gouvernement, quand bien même les faisait-il attendre et même attendre un bon bout de temps. Faire attendre, n'est-ce donc pas une des multiples démonstrations du pouvoir ? Belle tête de grand-père, avec nœud pap' s'il vous plaît, le parrain tout sourire avait parlé gentiment à la fillette qu'elle était – dents de lait et jolies anglaises –, exhibée fièrement par son père. Elle était de ces enfants précoces – une année d'avance à l'entrée du primaire – dont les excellents résultats scolaires seraient, par la suite, invariablement récompensés par quelques bagatelles. Oui, invariablement le parrain haut placé mettait la main au portefeuille et l'aumône tombait sans bruit dans la tirelire familiale.

Jamais l'homme à la DS n'aurait pu la croire. Il avait néanmoins le même parler poli et pondéré que son parrain et probablement la même petite péroraison châtiée pour affirmer que générer du profit permettait d'embaucher et de croître. En bonne soixante-huitarde, elle ne pouvait imaginer que ce chevalier servant du système ait pu aimer, entre toutes, les heures où il se permettait un répit. Ces heures où, ayant décidé, sans chauffeur, de privilégier la route pour se rendre en province, les étendues mouvantes du paysage semblaient n'être faites que pour envelopper sa solitude. Exactement comme aujourd'hui, après ce conseil d'administration décentralisé et mouvementé avec les représentants des syndicats à Fos. La DS noire glissait sur l'autoroute. On aurait dit qu'elle carburait « aux amphètes ». Elle s'était décidée à rompre le silence pour demander à pouvoir écouter une nouvelle fois Erik Satie. Alors vous aimez ?! Sans attendre la réponse, le piano ironique et insoumis avait déferlé de plus belle. Son compagnon s'était tout naturellement dit qu'elle avait faim. Il prévoyait de s'arrêter à Villefranche-sur-Saône pour déjeuner. Qu'en pensait-elle ? Ça valait mieux qu'un « sandwich-pain-de-mie-sous-cellophane », non ? Sans attendre la réponse, une seconde question avait surgi, obéissant aux us et coutumes de la vie en société. Rien d'autre qu'une froide curiosité. Que faites-vous, mon petit, dans la vie ? Bof ! Pas grand-chose. À vrai dire, je ne fais rien. Travailler fatigue, vous ne trouvez pas ? Alors, le calendrier capitaliste, très peu pour moi. Si vous préférez : je vis à crédit en faisant des ronds dans l'eau. Il avait saisi la balle au bond, c'était de bonne guerre. À propos, puisque vous semblez avoir choisi votre camp – et de votre plein gré, je suppose –, comment ça se passe avec la police ? Devant la provocation, elle avait hésité en cet instant précis à parler vrai. À parler *cash*.

Était-il malin de dire à ce type-là, pour qui « marché » et « bourse » représentaient les fins mots de l'aventure humaine, que l'anarchisme était une route inquiète et exigeante, qu'avant d'être un idéal politique, c'était une philosophie personnelle ? Que le devoir majeur était d'accorder les actes aux discours ? Que faisant fi de n'être qu'une maîtresse auxiliaire, de n'être qu'une précaire en somme, elle avait eu le toupet d'ouvrir sa gueule ? De tirer la langue ? Il l'aurait prise pour une folle. Pouvait-elle même évoquer le Chili ? Pouvait-elle lui expliquer qu'elle avait déposé une demande d'expatriation auprès du Comité intergouvernemental pour les migrations européennes et que, chance inouïe, le bureau de Genève pour l'Amérique latine venait d'accepter sa candidature. Qu'il ne tenait qu'à elle, parfaite inconnue, de participer à ce qui se tentait à Santiago, même si les mauvaises langues disaient que « tout ça » était voué à l'échec. Oui, qu'allait-elle lui dire ? Qu'il ne fallait pas compter sur elle pour tirer un trait sur la possibilité de la révolution ? À quoi bon. Elle lui sortirait des approximations, ça oui, mais pas le grand jeu. Chaque chose en son temps. Elle avait été longue à répondre. C'était vrai : elle n'avait que peu d'argent en poche mais elle ne cherchait pas pour autant à voyager à l'œil. Le stop après tout, c'était un échange de bons procédés. À combien de mecs avait-elle fait paraître plus court le chemin ? À combien avait-elle évité de piquer du nez, fût-ce avec une humeur contraire ? Quant à la police, elle avait des papiers et parfaitement en règle. Elle n'était pas « un colis piégé », qu'elle sache. Avec une soudaine véhémence, elle avait poursuivi. Presque, elle cherchait ses mots. Qu'insinuait-il ? Que les gens qui roulaient leur bosse étaient a priori suspects ? Suspects de quoi ? D'avoir tout lâché ? D'être réfractaires à la norme, à la domestication, à l'autorité ? Avait-il conscience que la jeunesse, par milliers, marchait dans les rues et sur les routes ? En un mot, qu'elle aspirait à autre chose que de « se nourrir à la sueur de son front » ? Qu'elle n'était pas pour autant une « génération perdue » ?

L'homme à ses côtés l'avait laissée faire, l'avait laissée dire. Il ne faisait apparemment pas partie de ceux qui pensaient qu'une femme bien élevée était une femme silencieuse. Dans le fond, il passait le temps et, ma foi, il ne rechignait pas à se changer les idées. Après une pause, lourde de sens comme on dit, il avait voulu la mettre à l'aise. Parlons quand même, voulez-vous ? Et il avait brusquement placé que sa Parisienne de sœur, professeur à la faculté des sciences, était « de gauche ». La gauche caviar, avait-elle aussitôt pensé. Tout en lançant : Ah oui ? Sa sœur était donc une femme de tête ! Mais comment s'accommodait-elle de la platitude universitaire ? Pire, de la hiérarchie ? Et, par-dessus tout, du sexe du savoir et du pouvoir, si vous voyez ce que je veux dire ? Il avait esquissé un sourire. Ben oui, depuis la nuit des temps, s'il fallait mettre les points sur les « i », les hommes décapitaient en silence. Avec brio même. Son Code civil, à Napoléon, n'était-il pas un monument de virilité triomphante ? Vous y allez un peu fort, ne croyez-vous pas ? Voyons, qu'il regarde le tableau : il n'y avait aucune femme à la tête d'un parti, d'une grande entreprise, d'un syndicat. À la Chambre des députés ? On les comptait sur les doigts de la main. À l'Académie française ? Là non plus, il n'y en avait pas. Plus signifiant encore, pas une au Collège de France. Et combien d'auteurs féminins dans La Pléiade, franchement, combien ? Et dans les musées ? Elle s'échauffait. Où en était-elle ? Poussée par on ne sait quelle folie, elle avait lancé que s'il fallait parler des lauriers universitaires, eh bien, elle les considérait comme de fausses victoires qui cachaient bien souvent de vilaines défaites. Elle n'en démordait pas. Les concours et même les diplômes, ça ne voulait strictement rien dire. Comment ne pas être convaincue, avait-elle résumé, qu'à force de jouer aux cons, on pouvait le devenir ? Interloqué par cette sortie et même plutôt vexé, l'homme à la DS n'avait pourtant pas voulu manifester son agacement. Mais son ton, jusque-là pondéré, était devenu suffisant, presque cassant. Il l'avait toisée, le temps d'une seconde. Ne me dites pas, chère mademoiselle, que vous avez quelque chose contre l'intelligence !

Au geste qu'il avait fait pour choisir une autre cassette, elle avait jugé bon de se taire ne serait-ce que quelques instants. De déplier ses jambes, d'étendre ses bras. De jeter un œil sur le paysage même si, à vrai dire, elle ne cherchait pas à y voir quelque chose ni même à repérer où ils se trouvaient. La circulation était parfaitement fluide. En dépit de la musique, peut-être bien du Brahms, elle avait poursuivi mais prudemment. Si ça ne l'intéressait pas, qu'il n'hésite pas à protester, elle laisserait tomber. Non, non, je vous en prie, allez-y. Eh bien, il n'était pas obligé de la croire, pourtant, elle avait échappé aux couveuses de l'élite. Oui, elle avait bel et bien préparé Normale sup et elle était bel et bien la première d'une lignée à s'extirper du monde « d'en bas ». Boursière tout au long de ses études, elle avait été admise sur titre dans une classe prépa littéraire. Laquelle ? avait-il glissé un brin étonné. Celle de Lakanal à Sceaux. Tiens, tiens, la khâgne qu'avaient fréquentée Joliot-Curie et Chaban-Delmas ? Félicitations ! Elle avait pouffé. Elle avait d'autres « marqueurs sociaux ». Péguy, Giraudoux, Genevoix, Bresson (le cinéaste en effet) ou encore Le Roy Ladurie. Avec cet homme friqué, elle s'était bien gardée une nouvelle fois d'évoquer son enfance, toutes les saisons éduquées à l'incertitude, de confier la connaissance des gouffres que, déjà, elle avait. Il n'était pas question de l'apitoyer, ce nanti. Elle s'était contentée de dire qu'après la disparition brutale de son père, c'était à la Sorbonne cette fois qu'elle avait poursuivi son cursus d'histoire. Elle n'avait pas pipé mot du fait qu'elle l'avait fait en bossant, comme tant d'autres enfants de prolos. Non, elle n'avait rien confié de tout ça.

Le soleil était haut désormais dans le ciel. Dans un inutile azur, les paysages de la vallée du Rhône, qu'à présent la DS traversait, étaient transpercés d'un nombre de plus en plus grand de lignes à haute tension et d'usines. La pétrochimie commençait à donner de la voix. Autant de sols qui attendaient leur prochaine coulée de béton. À l'approche de Vienne, le long des eaux gris-jaune du Rhône, l'autoroute était en travaux, réduite à une voie unique qui n'en finissait pas. La lumière des freins s'était étirée à perte de vue, les véhicules peinaient à grignoter quelques mètres et puis, la chaussée s'élargissant à nouveau, la DS noire avait repris sa course en direction de l'agglomération lyonnaise. Ils avaient traversé Lyon sans encombre. Connaissez-vous la ville, disons, son centre historique ? Non, elle n'avait pas eu jusqu'alors ce souci touristique ! Vous n'y avez jamais fait halte, pas même une fois ? Non, non. C'est à visiter, savez-vous ? Pour l'heure et pour échapper au vide brûlant de la mi-journée sur l'autoroute, l'homme aux mains gantées avait proposé, comme prévu, de prendre la sortie pour Villefranche-sur-Saône, la capitale du Beaujolais.

La voiture s'était garée non loin d'une grande terrasse en planches au-dessus de la rive sableuse de la rivière. Au-dehors, toute la lumière du monde. Brise caressant chaque chose, petit embarcadère esseulé, chien allongé, oiseaux becquetant des insectes et des miettes de pain, l'endroit ressemblait, évidemment, à un petit coin de paradis. Les chaises et les nappes attendaient. Rien de sophistiqué, rien de tape-à-l'œil. Dans le bruit confus des conversations, des plats passaient de main en main. Venez, suivez-moi. Elle ne s'était pas fait prier. Elle découvrait un homme ayant franchi la cinquantaine et même d'assez loin, grand, légèrement voûté, presque maigrichon. Il avait hélé en passant un vendeur de journaux. Quelques remarques sur la couleur tranquille du jour, sur la chaleur, patati patata. Revenant prestement vers elle, il lui avait désigné une table. Intimidants mouvements du corps, évitements, remuements. Il avait ôté ses lunettes de soleil puis ses gants de peau. Elle avait alors remarqué son alliance. Vous prendrez bien un petit apéritif ? Il avait légèrement claqué des doigts, en habitué. Elle était en face d'un monsieur bien sous tous rapports, tiré à quatre épingles, avec cette assurance décontractée que procure le fric. Les clients mâles l'avaient regardée, elle, la je-ne-sais-quoi, sous toutes les coutures. En connaissance de cul. Il se découvrait le goût des ados et des cuisses juvéniles, le vieux ? Le genre manquait à son tableau de chasse ou bien ? Où l'avait-il donc dégotée ? Allure négligée, nichons qui pointaient vaguement sous le débardeur. En clair, en cru, elle marquait mal. Elle se sentait comme un poisson sorti de l'eau. Elle avait soudainement eu honte d'elle-même, de sa gaucherie. Davantage encore, elle avait eu honte d'avoir honte.

Elle avait posé sa chemise et avait prétexté d'avoir à se laver les mains. Elle s'était rafraîchie à grande eau et avait vite apuré son visage des coulées noires de khôl. Son visage, ses membres, cuits par le soleil de Corse, trahissaient le consentement à la nature, le plaisir pris à la terre, à la lumière, à la Méditerranée. D'ordinaire, elle évitait de trop se regarder. Là, elle s'était rapprochée de la glace des toilettes et avait fixé son visage. De très près. Même si son acné était à peu près en fuite depuis qu'elle prenait la pilule, elle ne se reconnaissait pas. Elle ne se reconnaissait jamais. Pourquoi cette gueule ? Perpétuelle inadéquation, primitive injustice, impossible à raisonner. Pourquoi était-elle la pire ? Et comment, de sang-froid, accepter qu'on perce à jour cette blessure, cette malchance ? Autant se dénuder en public. Viendrait-il, viendrait-il enfin, le jour où elle n'aurait plus honte, où elle n'aurait plus besoin de maquiller le problème ? Une nouvelle fois, dans un dégagé soudain de l'allure, elle n'avait pas craint d'afficher sa fameuse assurance. Et histoire de ne pas déposer l'armure, elle avait au passage fusillé du regard quelques types attablés. Un face-à-face avait succédé au côte à côte, brutalement en somme. Le garçon n'avait pas tardé à poser deux verres devant eux assortis d'une bouteille de beaujolais blanc de derrière les fagots. Ils lui en donneraient des nouvelles, avait-il ajouté. À vous ! Même si elle s'attendait à cette banalité, pas un instant le ton ne lui avait paru frivole.

Quand le serveur avait glissé la carte, presque elle avait salivé et elle avait avoué sa faim d'un air réjoui. Elle se reprenait. Oui, oui, elle mangeait de tout. À la bonne heure ! S'il avait été frappé par son collier fait de graines d'eucalyptus, s'il avait observé avec satisfaction qu'elle n'avait nulle trace de piquouses sur les bras, il n'avait pas aussitôt prêté attention à ses dents. Très saines, certes, mais fort mal alignées, surtout en bas. Elle n'avait pourtant pas l'air d'en souffrir mais pour quelle raison ses parents n'y avaient-ils pas remédié ? Ce qu'il avait remarqué, par contre, c'était le haut du visage, c'étaient les taches de rousseur et les yeux, gris ou verts, difficile à dire. De son côté, elle avait découvert la peau à rides de son compagnon, les traits ramollis, la clarté de son regard. Il avait dû être un beau gosse, de ces hommes élégants, tout en retenue, qui n'avaient qu'à paraître pour se faire aimer, qui n'avaient qu'à entreprendre pour réussir. Après qu'elle eut fait honneur à une copieuse salade de tomates du coin, avec huile d'olive, copeaux de parmesan et basilic, il lui avait conseillé la friture. C'était une spécialité de la maison. Tous deux furent rapidement servis. C'était bien bon, en effet. Elle en reprendrait volontiers. Il avait souri. Se sentait-elle mieux, au moins ? Le chef en personne était venu s'inquiéter de la satisfaction de son client et avait alors proposé à « madame » un dessert qui fondrait délicieusement dans sa gorge. Une pâtisserie au chocolat et aux noisettes, avec un soupçon de rhum et de grands raisins blonds et à l'intérieur, je vous le donne en mille, une divine crème glacée.

Toute conversation sérieuse semblait désormais exclue. Le silence était tombé entre eux. Il faisait bon. Dérivation bienvenue, il était allé chercher son briquet et son étui à cigarettes laissés dans la voiture. Des Gitanes. Un bon point pour lui. Il lui en avait proposé une. Elle l'avait volontiers saisie tout en lui déclarant préférer les Camel. Question d'habitude. Le regard un peu flou, perdu dans les volutes de fumée, son compagnon de table semblait discrétion, calme et intelligence réunis. Il avait néanmoins jeté un coup d'œil sur sa montre. Même si le soleil leur faisait de l'œil, il fallait repartir. Ils avaient marché côte à côte jusqu'à la voiture. Dans la tranquille respiration de cet après-midi, la DS 19 avait filé en terre hospitalière de Bourgogne. Une part de familiarité, presque d'ingénuité, se glissait subrepticement entre elle et lui. Silence entier, coq-à-l'âne des sensations, bienfaisante chaleur d'une vacance réciproque. Il lui avait proposé une étape à Beaune où il avait l'habitude de faire provision de vin. En douceur, l'emblématique véhicule avait emprunté une allée asphaltée. À l'intérieur de la cave, impassible, un sommelier, grand et élégant, officiait. Une vieille connaissance. C'était à elle qu'il avait d'abord jeté un rapide coup d'œil. Comme d'ordinaire, ses nippes trahissaient d'où elle venait, décrétaient ce qu'elle était. Avec son allure de mec, elle n'était franchement pas le genre du vieux. Qu'est-ce que ça cachait ? Une résurrection de la libido ? Sans rien laisser paraître, il les avait introduits dans un petit salon. Au travers des épais rideaux, le soleil filtrait à peine. Fraîcheur de la pièce, mur tapissé de livres, fauteuils club, épaisse moquette, tentures de velours. La demi-obscurité les mettait en marge du monde. Son compagnon de route avait questionné le sommelier sur les tendances de l'exportation, sur le maintien des variétés. Puis, sur un signe de tête discret, ce dernier s'était éclipsé, les laissant devant un verre de Clos-Vougeot.

L'homme « d'un certain âge » l'avait alors regardée fixement pour lui dire dans un soupir qu'à voguer à la petite semaine, elle dilapidait sa jeunesse et qu'elle allait gâcher son existence. Elle n'allait tout de même pas vivre de rapines et de combines ! Il pouvait l'en assurer : le monde était faux, le monde était moche. La révolte ? La révolution ? Ça ne marchait pas. Le printemps, non, ça n'était pas pour demain sur la terre des hommes, et en vieillissant elle mettrait forcément de l'eau dans son vin. Sans bien comprendre pourquoi, elle n'avait pas cherché à riposter. C'est en riant à gorge déployée qu'elle s'était défendue. D'un rire énorme. Barbare. Lorsqu'elle ne s'affalait pas secrètement sur elle-même, n'était-ce pas à son rire sauvage que de loin on la reconnaissait ? Non seulement cet homme croyait être du bon côté du monde mais elle avait droit à l'irruption exaspérante de la bienveillance. Elle pressentait l'imminence du « je pourrais être votre père ». Qu'avait-il à se mêler de ce qui ne le regardait pas, ce vieux qui célébrait ses lassitudes comme des victoires ? La suite, elle ne l'avait pas vue venir. Est-ce qu'un seul instant elle s'était dit qu'il était absurde de blâmer une classe ou un sexe en leur totalité ? Est-ce qu'un seul instant, un seul, elle s'était dit qu'il n'était pas « que » riche, qu'il n'était pas « que » l'éternel patron ? Que tout cela était extérieur à lui et non en lui ? Qu'il pouvait être un mal-aimé ? Après un silence écrasant, avait-il regretté sa confidence pour que, sans rime ni raison, elle l'ait entendu protester que, non, décidément, des convictions comme les siennes, à l'emporte-pièce, ça n'était pas supportable. Pompidou avait bien raison : la sociologie n'était autre qu'une discipline immature et sans débouché. Dire que c'était ça qui avait lancé mai 1968 ! Ce « truc » qui n'avait servi à rien si ce n'était à mener la France au bord du gouffre. Très franchement, le Général n'avait été que trop patient et trop bon. Là, elle ne pouvait plus se dérober. Alors qu'elle s'apprêtait à la bagarre, à lancer que sous peine de se pétrifier, le monde avait besoin d'un ciel neuf, lui, d'un geste de la main, avait fait signe de le laisser terminer. Se faire écouter semblait vraiment être son vice, à cet homme-là. Il s'était entêté. Honnêtement, pouvait-on tordre le cou au sempiternel tête-à-tête avec le pouvoir, soit qu'on le détienne soit qu'on le subisse ? Elle aussi était à moitié victime, à moitié complice. Comme tout le monde.

D'un péremptoire « restons-en là, voulez-vous ? », l'homme aux tempes grises avait alors cessé de jouer à qui se sert le mieux des mots. Il avait rappelé le sommelier et, dans le vaste coffre de la DS 19, il avait fait placer un carton de vin pour elle aussi. Un carton d'aligoté. À présent, glaces relevées, il roulait vite. Les champs devenaient de plus en plus gris et la lumière se mouillait. Il n'avait pas desserré les mâchoires. Ils avaient atteint la région parisienne dans le crépuscule industriel et l'intense circulation automobile. Son chauffeur avait tenu à rouler jusqu'à Sceaux, jusque vers les Bas-Coudrais où elle vivait. Elle lui avait demandé de la laisser à l'entrée de la rue des Aulnes. Il avait alors prestement sorti de son portefeuille une carte de visite et la lui avait tendue sans un mot. À son insu, elle avait fait le bonheur de sa journée. Mais il devinait que ses convictions lui coûtaient cher, que son horizon était d'un bleu très noir. Alors si cette morte-saison devait se prolonger, si un jour tout lui semblait compromis, il avait beaucoup de relations, il pourrait l'aider. Sans trop réfléchir, juste pour voir, elle lui avait donné le numéro de téléphone d'une amie. Tout s'était achevé sur un coup de fil. Il avait effectivement appelé Lucie. L'homme à la DS avait de la suite dans les idées. Il l'invitait à dîner à L'Orée du bois, porte Maillot, le type même d'endroit où il ne lui serait jamais venu à l'idée, ne lui en déplaise, de mettre les pieds. Elle n'avait jamais rappelé. Main dans la main avec les siens, elle avait bu à sa dépouille. Une arnaque, ce petit aligoté ? Vous m'en donnerez des nouvelles.

Juin 1973

C'était l'époque de l'année où le soleil caressait encore tout le vert jailli du paysage au lieu de le brûler. Quelques nuages dérivaient vers le sud. La journée ne sentait pas encore l'orage, la journée ne sentait pas encore l'été. Elle avait depuis peu retrouvé Bastia avec sa place Saint-Nicolas ouverte sur la mer. Avec ses surprises de l'aube : des îles – d'autres îles – installées à la queue leu leu sur l'horizon, renflées et bleues. Cette ville elle l'aimait aussi pour sa rue Napoléon vive et agitée toute proche du *mercatu* (le marché, en langue corse). Une rue où allaient et venaient les histoires de familles et le qu'en-dira-t-on. Une rue dont elle connaissait bien le n° 8 au dernier étage duquel sa grand-mère *Za* Maddalena, alors veuve de guerre, était venue nicher avec ses cinq enfants. Elle pressait le pas, son barda sur le dos. Dans la fraîcheur de la lumière, elle eut tôt fait de laisser derrière elle la citadelle et le quartier Saint-Joseph pour emprunter l'avenue de la Libération. Une avenue ordinaire qui n'en finissait pas de quitter Bastia.

Même si la Corse lui était apparue, un soir, comme une terre de folie, elle y était de retour pour phraser la vie autrement. Elle avait laissé derrière elle la puanteur toxique de la capitale. Elle avait fui la banlieue, ses immeubles mortuaires et ses cieux en papier buvard. La vie à la va-vite. Le « bonjour bonsoir » des jours sans joie. Elle avait fui la bonne vieille Sorbonne. Elle avait du même coup renoncé à un hypothétique doctorat. Non, elle ne finirait pas en rat de bibliothèque. Les archives, elle les dépouillerait autrement, hors les normes. Elle s'en foutait de n'avoir plus aucune chance de figurer sur la liste des approuvés. De « rouler dans la bonne ornière », comme l'écrivait l'ami Rimbaud à un de ses professeurs. En elle, la dissension avait fait son chemin. Une sourde injonction la guidait vers d'autres phares et d'autres lumières. Dans le fond, peut-être que *son moi le plus profond appartenait davantage aux mésanges charbonnières qu'aux camarades.* Mais ce qu'elle avait fui en quittant la capitale, c'était aussi des splendeurs vénéneuses, toute la panoplie de ce que les flics appelaient les stups. Un menu du jour bien connu de la tribu qu'elle côtoyait et auquel, bien sûr, elle avait goûté. *Are you experienced ?* Pour ne pas rester hors du cercle mais surtout pour comprendre, elle avait fumé et, ma foi, avec plaisir. *Mimêsis et catharsis.* Oh, sûr que le cannabis était un moyen unique d'introspection et pas seulement. Une façon d'approfondir le temps et la beauté, de creuser la volupté. Mais afin de pouvoir parler de la défonce et « du voyage », à moins que ça ne soit pour libérer sa tronche, elle avait aussi tâté du LSD. Olive, autrement dit le docteur Olievenstein, l'avait assez prêché que ce qu'on appelait la toxicomanie, c'était « la rencontre d'un être humain et d'un produit donné, à un moment donné ». En dépit de ses convictions et de ses réticences, en prenait-elle le chemin ? Toujours est-il qu'elle avait eu les pétoches de mettre le cap au pire, oui, de céder au terrible prodige, à la première et possible piqûre – celle « pour voir » – et au flash qui foudroyait. Que dire de l'amer aller simple vers la folie, fracassée par le manque. Intuitivement, elle avait refusé la dérive : camée, voyoute ou mystique.

Elle longeait l'avenue, la tête en vadrouille, et ses yeux se fixaient sur de lointaines saisons passées. Sur les étés de son enfance lorsqu'ils pouvaient être vécus en Corse, la gaieté permise, le mot bonheur qui reprenait vigueur et ne résonnait plus au figuré. L'île lui apparaissait alors comme une version du paradis restituée dans son espace. Il n'existait pas un autre ordre du monde. Palmiers, air brûlant, désordre et nonchalance, sensation d'Afrique, bref, l'exotisme plein les mirettes. Et puis, tournant le dos au bord de mer, l'interminable Scala di Santa Regina qui finissait par s'ouvrir sur les montagnes du Niolo, taciturnes dans le bleu cru du ciel. Les hautes terres indomptées s'éclaboussaient de petites fleurs dorées. L'été ? Elle le connaissait et le reconnaissait à cette odeur d'immortelles, odeur sourde et profonde, animale. À présent, dans sa vingt-cinquième année, elle se projetait à nouveau sur ces horizons familiers comme si de retrouver une ancienne habitude l'empêchait d'être perdue.

Pour l'heure, l'avenue charriait son lot tranquille d'autocars et de camionnettes. Elle marchait à grandes enjambées, rompue à l'exercice. Elle circulait dans ses pompes préférées et avec son jean des quatre saisons, comme elle se plaisait à le dire. Dans son sac à dos, son couteau fétiche, quelques livres, des vêtements de rechange, un treillis et quelques pelotes de laine pour sa mère. À un feu rouge, un homme dans une Méhari, cheveux poivre et sel, lui avait fait signe comme s'il la connaissait. Elle s'était approchée. Ma foi non, ils ne s'étaient jamais rencontrés. Otis Redding scandait en sourdine *The Dock of the Bay*. Qu'elle le sache, par solidarité, il prenait tous les auto-stoppeurs qu'il voyait. Il ne se forçait pas à la bienveillance, pas du tout. C'était normal que sa bagnole serve à quelque chose. Chemise à gros carreaux, peau tannée par le soleil, timbre enjoué et nonchalant de la voix, le type était des plus sympathiques. Elle était montée sans faire de simagrées. Son accent méridional laissait penser qu'il n'était pas corse. À l'arrière du véhicule régnait un joyeux bordel. Pêle-mêle, toile de tente, sac de couchage roulé, chaussures de montagne, gourdes, carte à moitié dépliée, dame-jeanne et rondins de bois. Au milieu de ce bric-à-brac, elle avait distingué un transistor et la sacoche d'un appareil photo. Tiens, serait-elle tombée sur un photographe ?

D'entrée de jeu, elle avait préféré ignorer qu'il lui jetait un coup d'œil à chaque feu rouge. Ah ! les hommes, tous les mêmes, aurait soupiré sa mère. Son compagnon de route avait commencé à la cuisiner, tout en y allant de sa clope. Une Gitane maïs. Qu'elle ne s'en offusque pas, il avait un travers, une fâcheuse tendance à toujours vouloir déchiffrer « le bruit et l'odeur » de l'autre. Il avait bien fallu alors le lui dire, qu'elle allait au Niolo. À Calacuccia exactement. Ça tombait à pic : il s'y rendait lui-même. Truffe humide, le setter irlandais installé sur la banquette arrière l'avait aussitôt reniflée et n'avait pas tardé à se faire une place à côté d'elle. Elle n'avait pas protesté. Bien au contraire, son contact lui faisait du bien. Le maître, apparemment dépourvu de complaisance extasiée à l'égard de son clébard, avait néanmoins eu un mouvement des paupières semblable à un acquiescement. D'une voix calme, toute réchauffée de cet accent qu'elle lui supposait toulousain, il avait poursuivi, mine de rien, son interrogatoire. Il avait poursuivi comme s'il voulait fureter à l'intérieur d'elle-même, piquer, remuer, pour arriver quelque part, tant et si bien qu'elle avait failli, à la longue, lui demander s'il était flic ou psychiatre. Mais après tout elle s'en fichait. Elle en avait vu d'autres. Et puis comment jamais savoir à *qui* l'on parlait ?

L'homme avait les poignets solides d'un vieux routier que les étroites routes de l'île, allongées de multiples virages, ne devaient guère impressionner. À la station-service-épicerie-bazar de Casamozza, il avait sans hésiter bifurqué en direction de Corte, de l'intérieur montagneux, quoi. Qu'allait-elle donc faire au Niolo ? Elle était de passage ou bien ? Non, elle allait retrouver sa mère qui vivait là-haut depuis la mort de son père. Elle était donc corse ? Coup de sonde dans l'inconnu. Que voulait-il dire ? Qu'avec ses cheveux coupés ras et passés au henné, ses yeux clairs, son accent pointu, elle n'avait pas le type du pays ? Qu'avec son collier de graines d'eucalyptus et sa dégaine, elle avait l'allure d'une vagabonde, *sans toit ni loi* ? Non, rien de tout ça. Juste qu'habituellement ceux qui faisaient du stop ou marchaient étaient des étrangers. Il en voyait un paquet, les beaux jours venus, à la sortie du port de Bastia, toujours postés en couple et avec une pancarte. Quant au type corse, est-ce qu'elle avait remarqué chez les femmes insulaires la soudaine multiplication des chevelures blondes ? Blond platine même. Et comme par hasard, la blonde, fût-elle quelconque, paraissait plus séduisante que la brune. Stupéfiant, non ? Bien qu'attentif à la conduite, il avait senti une légère tension en elle. À cause des sempiternels « vous allez où, vous êtes d'où ? », à moins que ce ne soit à cause de Calacuccia et de sa mère ?

La Méhari filait, légère et inondée de soleil. Respectueux du silence de sa passagère, visiblement plongée dans ses pensées, l'homme au volant n'avait pas éprouvé, comme à son habitude, le besoin de remettre de la musique. Il aurait néanmoins parié qu'écouter *The Dark Side of the Moon* ne déplairait pas à cette fille qui, en apparence, passait des heures entières sur la route. Au bout d'un moment, un peu comme s'il jouait à saute-mouton, il avait tout de même cru bon de revenir sur leur destination commune. Avec une voix qui réprimait mal son enthousiasme, il lui avait parlé de la montagne, de son orient à lui, à l'abri du temps et de la civilisation. Probablement pour la distraire, il était passé au ton de la confidence. Il lui avait parlé de ses randonnées dans l'évident et l'élémentaire, dans la tendresse robuste et infinie des pâturages, avec le murmure des sources, alors, pour seules nouvelles. Oui, il grimpait souvent là-haut à l'Arinella. Non seulement le climat du Niolo était exceptionnellement sain mais on y était plus près du firmament. Elle buvait ses paroles. Il s'était prestement emparé de son paquet de Gitanes maïs. Elle fumait ? Elle n'avait pas refusé, ma foi, de s'en griller une, et durant quelques secondes ils avaient ainsi roulé, savourant cette connivence.

Le chien jusque-là tranquille s'était secoué. Après avoir bâillé toutes dents dehors, il l'avait regardée et, comme s'il avait éprouvé le besoin d'être bichonné, il s'était de nouveau serré contre elle et, dans un profond soupir, avait niché son museau dans son cou. Si mon chien vous gêne, faites-le-lui savoir, avait plaisanté son maître. Pensez donc, j'en suis tombée amoureuse, de votre clébard. Elle l'avait caressé mais elle l'avait caressé de plus en plus distraitement. Ça faisait un moment que la Méhari roulait dans la vallée du Golo. De temps à autre, dans l'échancrure des arbres et des ronciers, le torrent faisait son apparition, bondissant de pierre en pierre, oublieux de l'obscénité d'un corps auquel, dans l'obscurité d'un été, elle s'était brutalement cognée. Dans un silence de plein ciel vallonnaient quelques nuages. Le chien semblait assoupi. Son maître s'était inquiété de l'heure. Bon, ils aborderaient bientôt la Scala. Ils approchaient. En réprimant un léger tremblement de la voix, elle avait alors jugé bon de confier à son chauffeur que sa mère était fatiguée, comme ils disaient tous ici, et qu'elle avait été prise en charge par un médecin, un médecin qu'elle n'avait pas encore rencontré. Il dirigeait, paraît-il, le fameux service psychiatrique de l'hôpital de Bastia. Tout ce qu'elle savait, c'était que Françoise prenait un traitement qui, couci-couça, lui permettait de vivre à Calacuccia dans sa petite maison. Elle n'était pas davantage informée. Là, elle avait préféré s'interrompre. L'homme à la Méhari restait silencieux. L'écoutait-il vraiment ? Il ne manifestait aucun agacement, il était même bienveillant comme si l'affaire était entendue. Elle lui avait demandé, soudainement humble, si elle ne lui cassait pas trop les pieds. Il avait haussé les épaules. Bien sûr que non, et ce n'était certainement pas lui qui lui ôterait les mots de la bouche. D'ailleurs, que faire d'autre que parler comme ils le faisaient depuis un bon moment. En lui décochant un franc sourire, il lui avait proposé une autre cigarette. Bien qu'elle préférât la douceur des Camel, elle l'avait acceptée une nouvelle fois sans rechigner, la Gitane maïs. Elle avait tiré quelques taffes. Sûr que c'était bon de rouler comme ça, peinarde, en compagnie d'un inconnu.

Le chien s'était alors soudainement écarté d'elle pour aller s'installer à l'arrière. Elle s'était tournée vers son compagnon de route. Pouvait-elle aller plus loin ? Il avait fait signe que oui de la tête, mégot au bec. Un oui qui, étrangement, en disait long. Machinalement, elle avait jeté sur le bitume la clope à peine allumée. Elle s'était calée plus confortablement sur son siège et, sans plus réfléchir, avait vidé son sac. Sans bien connaître le diagnostic qui frappait sa mère, d'emblée, elle s'était interrogée sur la maladie mentale ou plutôt son statut dans la société. La place tout entière rendue alors au souvenir de son père interné d'office parce que « tombé » dans la boisson. Elle avait dévoré pas mal de bouquins et avait fini par se tourner vers l'antipsychiatrie. « La société ? Une fabrique de symptômes. L'asile, une station d'épuration. La psychiatrie ? Un réduit de gorilles. » Là, c'était Artaud qui parlait. Et tous ces gorilles, « eux-mêmes obsédés et persécutés n'avaient pour pallier les plus épouvantables états de l'angoisse et de la suffocation humaines qu'une ridicule terminologie ». Ne réduisaient-ils ce mal-là comme on réduisait une fracture ? C'était bien le docteur Ferdière qui, l'air de rien, avait assené à son patient – et ami – qu'il était là pour *redresser* sa poésie.

L'homme à ses côtés n'avait pas bronché. Seul le battement de ses paupières marquait son extrême attention. Alors même qu'elle le prenait pour un marcheur-photographe ou quelque chose comme ça, elle avait, en vrac, appelé à la rescousse Devereux, Gentis, Goffman. Bref, le grand jeu. Jusqu'à lui parler de *Mort de la famille* et de *Vol au-dessus d'un nid de coucou.* Pas vrai qu'il faudrait un jour les renverser, les maisons des fous comme on avait renversé les forteresses des rois ? L'homme à la Méhari avait alors, alors justement, considérablement ralenti l'allure du véhicule. À vingt à l'heure, qu'à cela ne tienne, il allait lui répondre. Qu'elle ne pousse pas de hauts cris mais, là, il n'était pas d'accord avec elle, mais alors pas du tout. Il s'étonnait même de son parti pris. Qu'est-ce qui l'y autorisait ? D'une voix calme et lente, il avait précisé que les troubles mentaux étaient médicalisés comme le reste. Avait-elle songé, honnêtement, à ce que deviendrait sa mère si elle ne prenait pas le moindre traitement ? Ne faisait-il pas taire sa souffrance, oui, sa souffrance ? Qu'elle se le dise : Françoise ne saurait être guérie sans l'aide des toubibs. Jamais de la vie. Et quoi qu'elle dise, les médecins tiraient d'affaire bien des gens qui avaient ce genre d'ennuis.

La Méhari avait abordé la Scala di Santa Regina et la route sinuait plus que jamais. C'est à peine s'ils avaient croisé une ou deux voitures. Elle s'était tue. Comme dans un film, la voiture filait, toit décapoté, dans le soleil et dans le vent. La main de la chaleur était désormais sur leurs épaules. Le chien avait commencé à avoir la bougeotte. Sa respiration toute proche de la sienne, elle avait laissé son odeur renifler la sienne. *Alors*, usant de sa voix comme d'un antidépresseur, son maître avait affirmé qu'être inquiet, en déséquilibre, c'était le propre de tout élan vital. Et comme s'il devinait ses interrogations, comme s'il voulait l'apaiser, il lui avait soutenu qu'il fallait cultiver ses fantasmes, les mettre en majesté car ils étaient libérateurs et disaient bien des vérités. Elle l'avait regardé du coin de l'œil, avec un zeste de méfiance et presque en faisant la moue. Non, il n'avait pas l'air de se payer sa tête. Que voulait-il donc dire ? Rien d'autre que se demander ce qu'était un homme normal. Un individu qui après tout ne créait rien sinon sa propre carapace, non ? À respecter les idées reçues comme les règles de la société, sûr qu'il retombait toujours sur ses pieds, ce type-là mais, à bien y regarder, c'était un individu carencé. Il avait tourné la tête un court instant, un rien narquois. Seriez-vous tout à coup sceptique ? Sans attendre la réponse, il avait repris le fil. Son fil. Avec son supposé flegme méridional, il lui avait parlé de son intérêt pour l'art brut. L'art de ceux qui étaient réputés fous alors que la plupart se trouvaient être des marginaux ou des prolos, tous autodidactes. Des gens « d'en bas » en somme. Il lui avait alors expliqué que cet engouement était né de sa thèse sur Guillaume, Guillaume Pujolle, intitulée *Monographie d'un psychopathe dessinateur – Étude de style.* Allons bon, qu'elle s'était dit, un universitaire. Un bien-pensant, en somme. Ça faisait une paye ! Qui l'eût cru ?

L'homme assis à ses côtés était habillé sans la moindre recherche, elle l'imaginait tombant la chemise plutôt qu'arborant cravate ou même chapeau. L'application qu'il mettait à contrôler sa voix la rendait plus vibrante encore. Il parlait en fumant avec une drôle de façon d'étendre les doigts, avec un drôle de mouvement des paupières. Pujolle, qu'il lui avait appris, était ébéniste. La thèse en question lui avait permis de rassembler pas mal de ses aquarelles, dessins au crayon et pastels. Parmi tout ça, un *Oiseau* que Guillaume avait réalisé sur papier avec non seulement de la gouache et du crayon mais, tenez-vous bien, des produits pharmaceutiques, notamment de la teinture d'iode. Mais à présent qu'ils se connaissaient un peu mieux, il pouvait bien le lui dire, ça lui avait fait plaisir que Jean Dubuffet soit allé jusqu'à citer sa thèse. Mais Dubuffet, sans doute qu'elle connaissait ? Elle avait certainement lu son *Asphyxiante culture*. C'était sorti en 68 ! Une sacrée critique de la culture dominante, que cet essai-là ! Non, non, elle était passée à côté. Mais pour quel motif cet inconnu égrenait-il tout ça ? Parce qu'on pouvait se faufiler dans l'art pour échapper à la vie, disons à une société que l'on détestait, c'était ça ? Qu'au-delà un artiste, même s'il tenait entre ses mains une absence d'armes, était un combattant ? Que cette main millénaire était ce qui résistait à la servitude, à l'infamie, à la mort ?

Elle avait alors revu son père – un souvenir d'une netteté de photographie – ouvrir son cahier à grands carreaux dont les pages se couvraient chaque jour un peu plus de ses pictogrammes, de ses découpages et de ses ruminations. C'était un raté du savoir, Joseph, il n'avait que le certificat d'études et, pour cette simple raison sans doute, son paraphe, dont il était sacrément fier, s'élevait au rang d'un haïku. Mais l'homme à ses côtés avait tenu à poursuivre ses confidences et l'avait ramenée d'autorité à Artaud. Elle venait de l'évoquer, Antonin mais, amusante coïncidence, il l'avait bien connu alors que lui-même était membre du comité de rédaction d'une revue anarchisante, l'hebdomadaire *Vulpian*. Il avait du reste conservé pas mal de ses lettres et de ses dessins au crayon. De mémoire, il lui avait alors cité une missive où Artaud écrivait qu'il ne croyait plus aux mots, à la vie, à la mort, à la santé, à la maladie, au néant. Il croyait que rien ne voulait plus rien dire et que tout, d'ailleurs depuis toujours, n'avait jamais cessé de le « faire chier ». Elle était perplexe. Le bonhomme à ses côtés ne blaguait pas pour un poil. Elle n'était pas tombée sur un anar, ça non, et pourtant dans une société de fric et de frime, il avait un faible pour l'idiotie et le fiasco. C'était dingue, non ? Sous un soleil qui commençait à se faire insistant, il avait proposé de faire une halte en bord de route. Un coin dans la Scala di Santa Regina qu'elle connaissait bien où l'on disposait d'une fontaine et d'un ombrage bienvenu.

Le chien avait sauté le premier à terre. Au même moment, le klaxon retentissant d'un camion chargé de grumes avait résonné dans le défilé. Satan, viens ici. Le chien s'était docilement assis sur son derrière tandis que son maître remplissait les gourdes d'eau fraîche. Elle avait alors découvert un homme ordinaire. De petite taille mais râblé. Dans la rondeur du visage déjà bronzé, ses paupières mi-closes lui donnaient un air étrange, troublant, quasi asiatique. Il avait vivement écrasé une énième Gitane maïs avec le pied et s'était alors reculé pour mieux se camper à distance d'elle. Il s'était adossé à un tronc d'arbre, une jambe repliée sous lui. Ainsi appuyé, il se passait machinalement la main dans les cheveux. Satan avait poussé un profond soupir. Elle s'était assise à même le sol, près de l'animal. Elle avait laissé une bruyante P60 passer dans un crissement de pneus avant d'apprendre à son compagnon de route qu'elle comptait rester dans l'île quelque temps, tout simplement parce qu'elle avait perdu son boulot, son boulot de prof. Ça faisait grosso modo un an. Elle avait été tentée de tout plaquer et de partir au loin. Au loin, s'était étonné l'homme en face d'elle. Oh ! pas n'importe où. Au Chili. Oui, elle aurait pu y bosser et y être utile. Elle avait pourtant renoncé à quitter la France. À placer sa vie sur la grande balance du destin. Son adieu, plus modestement, ce serait à la ville qu'elle le donnerait. Elle comptait faire peau neuve, dans une intégrité de l'existence, plus proche de la physique de l'univers. C'était sa folie des grandeurs à elle. Et même sa radicalité. Un mot à sauver, pour sûr. Paris, elle l'avait donc quitté sans laisser d'adresse. Quitte à être seule, vraiment seule. Et sans trop savoir, pour le coup, ce qu'elle ferait de sa révolte, elle avait déserté.

Le temps d'une seconde, elle avait entrevu un ciel ému dans les yeux de l'homme en face d'elle. Peu lui importait de vivre de peu, tout lui serait rendu dans un parfum de romarin, qu'elle avait ajouté. En vérité, elle aurait de quoi, avec tous les cadeaux de la terre ! Sûr que la frugalité, alors, lui serait fastueuse. Là, le patron de Satan s'était moqué. Carrément. Chercher du miel dans chaque fleur, pourquoi pas, mais suffisait-il d'être pauvre et digne, voyons, pour être heureux ?! Elle ne s'était pas rebiffée. Elle avait fait mine de ne pas entendre, de ne pas comprendre. La gorge nouée par l'émotion, certains mots n'avaient pu franchir ses lèvres. Elle s'était refusée à avouer qu'avec son frangin d'amour, le gros temps était venu. Elle voyait que leur histoire tournait mal, que quelque chose n'allait pas. Lors de l'une de leurs virées en forêt et malgré la crainte de ne pas en revenir, ils avaient pris de l'acide ensemble. Acide pudique s'il en était. Comme d'habitude quand ils bivouaquaient, ils avaient fait du feu. Elle avait interrogé le visage de Christophe passionnément. À la lueur des flammes, si les sensations étaient puissantes, le message s'avérait livide. Elle avait vu le frérot grimacer comme s'il lui renvoyait à la gueule son insuffisance, sa mocheté. L'infernale blessure. Défigurations. Déchirements. Elle ne pouvait plus rien empêcher. L'hallucination fielleuse éloignait la présence. Ce qui arrivait devenait réalité. Elle avait flippé pour de bon. Dans le fond, qu'est-ce qu'aimer voulait dire ? Épuisés, les traits tirés, le teint brouillé, leur voyage s'était terminé, transi, au fond d'un sac de couchage. Seul le vent allait de l'un à l'autre. Ça lui avait filé le cafard. Malgré les dénégations de son ami – la faute à la maudite pastille –, elle avait eu du mal à effacer ce souvenir déchirant. Elle en était arrivée à être obsédée par le foutu chiendent de la trahison. Un jour ou l'autre, Christophe bazarderait leur amour et, jeu de dames oblige, il regarderait ailleurs. Son corps pencherait vers l'une ou vers l'autre. À la présence éperdue succéderait l'absence absolue.

Le vent s'était levé. Le chien aussi. Il était temps de repartir. La Méhari avait repris sa route. Dans les derniers virages de la Scala di Santa Regina, son chauffeur avait rompu le silence. Elle caressait le chien sans rien dire. L'homme s'était hasardé doucement à lui dire que l'unique joie au monde, c'était de commencer. Que c'était beau de vivre parce que *vivre, c'était commencer, toujours, à chaque instant.* Une phrase d'extrême gratitude l'avait effleurée qu'elle n'avait pas prononcée. Au lieu de cela, c'est un brin désinvolte qu'elle s'était tournée vers lui. Elle lui avait balancé qu'il n'y avait pas de nostalgie dans ses bagages et qu'elle assumerait même de n'être qu'un projet. Mais on pouvait lui faire confiance : elle la demanderait encore, la lune. À l'entrée de Calacuccia, d'un commun mouvement de la tête, ils s'étaient regardés. Où devait-il la laisser ? Elle lui avait indiqué l'embranchement d'où, à pied, elle allait rejoindre la maisonnette de sa mère. Alors, alors justement, il avait fredonné *Elle s'appelait Françoise mais on l'appelait Framboise / Avanie et framboise sont les mamelles du destin.* Elle l'avait regardé, interloquée. En riant, il lui avait alors dit de donner le bonjour à Françoise. Il ne voulait pas la laisser mariner plus longtemps : il n'était ni un flic ni un cureton mais le psychiatre qui suivait sa mère. Qu'ils en rediscuteraient mais que Françoise avait eu une méningite à l'âge de cinq ans. Une fièvre cérébrale qu'ils disaient à l'époque. Que cette maladie s'était précisément déclarée à la mort de son père, ce gaillard barbu, revenu gazé de la guerre de 14. Que la famille avait bien cru qu'elle n'allait pas revenir à elle. Qu'une telle maladie ne pouvait qu'avoir provoqué des lésions au cerveau. Que les émotions pouvaient couver une vie entière dans un corps jusqu'à ce qu'un jour elles y deviennent essence d'une vérité, d'une troublante vérité. Qu'il passerait leur rendre visite à toutes deux à son retour de l'Arinella. Qu'il comptait beaucoup sur les paires de grosses chaussettes que Françoise avait promis de lui tricoter. Il s'appelait Jean. Et elle ?

Cet ouvrage a été imprimé sur du papier
dont les fibres de bois proviennent
de forêts durablement gérées

CET OUVRAGE A ÉTÉ COMPOSÉ PAR
PCA À REZÉ (LOIRE-ATLANTIQUE)
ET ACHEVÉ D'IMPRIMER
SUR ROTO-PAGE
PAR L'IMPRIMERIE FLOCH
À MAYENNE
EN AVRIL 2023
POUR LE COMPTE DES ÉDITIONS DALVA
116, RUE DU BAC
75007 PARIS

DÉPÔT LÉGAL : MAI 2023
N° D'ÉDITION : 01 – N° D'IMPRESSION : 102418
IMPRIMÉ EN FRANCE